Jo Hanns Rösler wurde am 7. April 1899 in Königstein an der Elbe geboren, besuchte das humanistische Staatsgymnasium in Dresden, um Theologie zu studieren, kam verwundet aus dem ersten Weltkrieg zurück und begann sofort, seine ersten Beiträge im »Simplicissimus«, der »Jugend«, den »Lustigen Blättern« und im »Berliner Tageblatt« zu veröffentlichen. Er heiratete in jungen Jahren eine Wiener Schauspielerin namens Kitty und lebte mit ihr in Paris, Berlin, Wien und auf der Insel Mallorca, bis er im Jahre 1935 seßhaft wurde und seinen Berghof über Feilnbach erwarb. Sein Bühnenstück »Philine« ging über alle Bühnen und wurde zweimal verfilmt. Rösler gehörte mit seinen heiteren und besinnlichen Geschichten, die er selbst las, zu den beliebtesten Rundfunkautoren. Er starb am 25. September 1966 in München.

Außer dem vorliegenden Band sind von Jo Hanns Rösler als Goldmann-Taschenbücher erschienen:

Wohin sind all die Jahre ... (3398)
Wohin sind all die Stunden ... (3421)
An meine Mutter (3467)
Kitty und Johannes (3537)
Lachen Sie mit Jo Hanns Rösler (3484)

Jo Hanns Rösler

# Wohin sind all die Tage...

Heitere Erzählungen

Wilhelm Goldmann Verlag

Ungekürzte Ausgabe

1. Auflage April 1976 · 1.–10. Tsd.
2. Auflage Oktober 1977 · 11.–20. Tsd.
3. Auflage November 1978 · 21.–32. Tsd.
4. Auflage Juli 1980 · 33.–42. Tsd.
5. Auflage November 1982 · 43.–52. Tsd.

Made in Germany
Genehmigte Taschenbuchausgabe
Die Originalausgabe ist im Stieglitz Verlag, E. Händler, Mühlacker, erschienen
Umschlagentwurf: Atelier Adolf & Angelika Bachmann, München
Umschlagfoto: Art Reference, Gütersloh
Satz: Presse-Druck Augsburg
Druck: Elsnerdruck GmbH, Berlin
Verlagsnummer: 3407
Lektorat: Martin Vosseler · Herstellung: Harry Heiß
ISBN 3-442-03407-8

# Inhalt

# Wohin sind all die Tage . . .

## Ein Vorwort

In einem Vorwort, wie es jetzt ungeschrieben vor mir liegt, soll der Autor aus seinem Leben erzählen. Aber er kann doch nur so über sich schreiben, wie er sich sieht. Alle anderen, alle Nachbarn, Verwandten, Überunswohnenden, selbst alle, die ihm zuerst den Gruß entbieten, weil er vielleicht sonntags seinen Braten bei ihnen einkauft oder für Freitag den Fisch holt, sehen ihn völlig anders.

Ich habe beispielsweise das große Glück, mit Enkeln gesegnet zu sein, bin mehrfacher Großvater, meine Enkel sehen mich bestimmt mit anderen Augen an als eine Diseuse aus dem alten »Simpl«, mit der ich einmal eine liederliche Begegnung hatte. Uns erschien damals diese Begegnung keinesfalls liederlich, wir würzten unsere Suppe mit allen edlen Adjektiven, mit denen ein Faust bei Gretchen und ein Romeo bei Julia um ihre Gunst warb. Als Substantiva waren der Himmel, das Schicksal und die Ewigkeit fleißig im Gebrauch. Wenn mich nun also mein Enkelkind, an dem ich mit meinem Stock des Alters vorbeistapfe, betrachtet, wird es mich bestimmt mit anderen Augen ansehen als mein Haarschneider beispielsweise, der mir lästig wiederholt, daß ich auf dem Kopf recht grau zu werden beginne, und mir einen Spiegel vorhält, während ich schon längst nicht mehr in den Spiegel zu sehen pflege. Ich erkenne das Gesicht, das einmal mein Gesicht war, schon gar nicht mehr wieder, und dann soll ich über das Gesicht ein Vorwort schreiben? Laßt doch lieber meinen Schneider zu Wort kommen. Der würde berichten: »Länge 182, Bundweite 105, Brust 107, kauft seine Krawatten anderswo und sagt: ›Bitte nicht nach der Mode von morgen, sondern von gestern nachmittag!‹« Oder meinen Nachbarn, einen Bauern, dem ich vor vierzig Jahren einmal sein Zuhaus abkaufte. Er wird sagen: »Es ist ein gutes Auskommen mit ihm.« Er zählt mir nicht mein Sündenregister nach, daß ich dieselbe Frau ein viertes Mal heiratete, die Himbeeren zu nahe dem Zaun setzte und unseren Grenzstein als Treppenstufe in meinem Garten verwendete. Er weiß nur, daß ich nie einen Streit über vierundzwanzig Stunden alt werden lasse und nie falsch geparkt habe, weder mit dem Wagen noch mit dem Herzen. »Es ist ein gutes Auskommen mit ihm«, wird er sagen, so hoffe ich es wenigstens, und das ist mehr wert, als wenn ich über mich selbst berichte, wie viele Bücher und Filme ich schon geschrieben habe, welche Ehren mir zuteil wurden und wie viele man vergaß, worüber ich mich dummerweise kränkte.

Ich habe ein neues Leben aufgenommen. Ich gehe in fremde Städte und lese aus meinen Büchern vor. Ich habe jedesmal eine höllische Angst, daß kein Zuhörer kommt und daß mir, wenn mehr kamen, als Stühle vorhanden waren, beim Reden der Atem wegbleibt, der Husten die Stimme verschlingt und daß ich vergesse, über mich selbst zu lachen. Denn einer, der auf einem Pult sitzt, soll seinen Kopf nicht hoch tragen, sondern tief einziehen, dann verstehen ihn die anderen besser. Er soll nur erzählen, wie er über sich selbst gelacht hat, statt sich über die anderen ärgern. Vielleicht ist das überhaupt der Sinn eines glücklichen Lebens: Ob die Suppe versalzen oder völlig ungesalzen auf den Tisch kommt, man muß sie lachend auslöffeln, wie sie uns der große Koch serviert.

# Ankunft, Abfahrt

Jeden Morgen führt mich mein Weg an einem Bahnhof vorüber. Vor dem Bahnhofsgebäude hängen zwei große Schilder mit zwei Pfeilen. Der eine weist nach rechts, und darunter steht »Abfahrt«, der zweite Pfeil weist nach links und trägt die Aufschrift »Ankunft«. Es ist noch kein Jahr her, da fuhr ein von mir über alles geliebter Mensch von diesem Bahnhof ab. Ich brachte ihn nur bis zu diesem Schild. Auf die Abfahrtsseite und auf den Bahnsteig ging ich nicht mit, denn er wollte ja in wenigen Tagen zurück sein, und wir vereinbarten beim Abschied noch schnell die Stelle, wo ich in einer Woche auf der Ankunftsseite seine Rückkehr erwarten und ihn von der Bahn abholen sollte. Ich rief ihm noch ein paar Reiseratschläge nach und eilte davon, es war am Abend, und ich wollte den Beginn einer Theateraufführung nicht versäumen. Es war kein schwerer Abschied, es war – wie gesagt – eine Trennung auf wenige Tage.

Ich kam nicht dazu, ihn auf der Ankunftsseite des Bahnhofs zu erwarten und abzuholen. Drei Tage später war der von mir über alles geliebte Mensch gestorben, eine plötzliche Krankheit hatte ihn dahingerafft, und ich kann seitdem nicht mehr an diesem Bahnhof vorübergehen, ohne daß mich die beiden Schilder daran erinnern, was ich verlor. Wäre ich doch damals mitgegangen, klage ich mich heute an, hätte ich doch dem Wegfahrenden die Zeit bis zur Abfahrt verkürzt, ihn beim Einsteigen aus seiner Aufregung vor der großen Reise befreit, die alle alten Leute überfällt, und ihm nachgewinkt, wie ich es als Kind immer getan habe! Es war meine Mutter, die abfuhr und die ich nie wiedersah.

Nicht viel anders erging es mir bei meinem Freund, dem Verleger Paul H., den ich in München verlor. Nur wenige Tage vor seinem unerwarteten Tod war er bei mir in Berlin gewesen. Wir waren eine fröhliche Runde junger Schauspieler, und ihm als Verleger blieb nichts anderes übrig, als die hohe Zeche zu übernehmen, die wir ihm zu Ehren bei Jonny gemacht hatten. Leider blieb er nur kurze Zeit in unserer Mitte, dann fuhr sein Zug nach München zurück. Wir begleiteten ihn noch bis zur Straßenbahn, er aber in seinem gütigen Verstehen, da er merkte, daß uns die Zeit des Wartens zu lang würde, schickte uns mit einem Scherzwort fort und blieb allein in der kalten Winternacht an der Haltestelle zurück. Ich habe ihn nach diesem überhasteten Abschied nie wiedergesehen. Wäre ich doch damals bei ihm stehen geblieben und später meinen Freunden nachgeeilt, wir hatten uns noch so viel zu sagen, was nun ungesagt blieb.

Warum ich euch das alles erzähle? Ich sehe so oft vor den beiden Schildern »Ankunft« und »Abfahrt« Menschen stehen, die gleich mir damals diese Schilder nur als Wegweiser betrachten, sich flüchtig die Hand reichen, den Hut ziehen und auseinandergehen. Auch wir selbst gehen aus einem Haus oder aus einem Gespräch und lassen oft eine Verstimmung über unsere letzten Worte zurück, wir schreiben oft einen groben Brief, wo ein paar herzliche Zeilen ihr Ziel schneller erreicht hätten, wir legen einen Telefonhörer abrupt auf, weil wir abwarten wollen, bis der andere nachgibt – wir sollten stets daran denken, daß jedes Gespräch, jeder Brief, jeder Gruß der letzte sein kann, daß nicht auf jedes, meist gedankenlos zugerufene »Auf Wiedersehen!« ein Wiedersehen folgt.

Darum beschwöre ich euch: Macht euch das Leben gegenseitig leichter! Zugegeben, du magst diesen nicht, und jener mag wieder dich nicht. Aber würdest du nicht ohne Bedenken deinen Groll vergessen, zu ihm eilen und ein paar freundliche Worte sagen, wenn du wüßtest, du wärst heute das letzte Mal mit ihm zusammen? Denn etwas war doch einmal an diesem Menschen, das ihn dir nahebrachte, ein Freundschaftsdienst, ein gutes Wort, eine gemeinsame Stunde oder auch nur seine Bereitschaft für dich. Daß ihr euch später über dumme Dinge in die Haare geraten seid und seitdem die Wolle spinnt, die übrig blieb, als ihr euer Schäflein miteinander schort – daß aus der alten Freundschaft und guten Nachbarschaft ein mißtrauisches Nebeneinander und Gegeneinander wurde, möchtet ihr euch nicht ganz rasch versöhnen, wenn ihr wüßtet, es gibt keine Ankunftsseite mehr? Einmal zieht man vor jedem Menschen zum letzten Mal den Hut, keiner weiß den Tag zuvor. Liefst du, Ehemann, mit brummigen Worten aus dem Haus, wenn du furchten mußtest, bei deinem Heimkommen deine Frau nicht mehr am Herd zu finden? Kehrtest du bei diesem Gedanken nicht auf der Stelle um – und wenn es hundert Treppenstiegen bis zu ihr wären –, um zärtlich Abschied zu nehmen, statt zu brummen: »Hoffentlich hast du bessere Laune, wenn ich heimkomme!«

Kein Mensch ist unter uns, der – als er einmal von der Ankunftsstelle allein weggehen mußte, was ja keinem erspart bleibt – sich nicht hinterher bittere Vorwürfe gemacht hat, daß er noch tausendmal zärtlicher und verständnisvoller zu dem Weggegangenen hätte sein können, auch wenn er gut und verständnisvoll zu ihm war. Um euch diesen Schmerz zu ersparen, habe ich euch zum Anfang die Geschichte von den beiden Schildern »Ankunft« und »Abfahrt« erzählt, die über jedem Haus hängen, man muß sie nur sehen wollen.

# Der Einsame

Voriges Jahr ging ich erst im Herbst in Urlaub. Ich hatte eines Tages ein Inserat in der Zeitung gelesen: »Waldaufenthalt mit Jagdgelegenheit bietet zahlenden Gästen das Jagdschloß Stein am Bach, Steiermark. Zivile Preise.«

Dieses Inserat ließ mich nicht los. Ich hatte immer gern Jagdgeschichten gelesen, die Bücher Ganghofers, Löns' und des Franzosen Fleuron nahmen einen breiten Platz in meiner Bibliothek ein. Schon als Junge träumte ich vom edlen Weidwerk, von Horrido und Halali, ein Hirsch erschien mir tatsächlich als König der Wälder, schon ein Reh am Waldrand läßt mich heute noch den Wagen anhalten, ein Hase, der über den Acker hoppelt, oder ein Fuchs, der über den Weg streicht, sind für mich aufregend genug, ihnen nachzuschauen. Ich stellte es mir als aufregendes, nicht mit Gold zu bezahlendes Erlebnis vor, einen jagdbaren Bock zu schießen, ihm einen grünen Bruch in den Äser und mir an den Hut zu stecken, wie oft hatte ich es mir ausgemalt! »Später«, sagte ich zu mir, »später, wenn du mehr Zeit hast, später, wenn du genügend Geld hast, dann pachtest du dir eine Jagd.« Ich fand nie die Zeit, ich hatte nie das Geld, ich wurde inzwischen fünfzig Jahre alt. Als ich jetzt dieses Inserat las, das mir zu zivilen Preisen eine Jagdgelegenheit verhieß, schrieb ich sofort hin und meldete mich für den Herbst an.

»Wenn es Ihnen Freude macht, können Sie bei mir einen guten Sechserbock schießen«, sagte mein Gastgeber, bei dem ich für achtzehn Mark Pension Quartier genommen hatte, zu mir. »Waren Sie schon einmal auf der Jagd?«

»Nein«, gestand ich, »ich habe bisher immer nur davon

geträumt. Aber ich habe mir eine Jagdkarte besorgt, Sie brauchen keine Bedenken zu haben.«

»Ich werde Sie morgen von meinem Förster durch das Revier führen lassen«, sagte er. »Gehen Sie erst ein paar Tage ohne Büchse durch den Wald. Sie können sich auch am Abend und Morgen ansetzen und das Wild beobachten. Aber lassen Sie vorläufig Ihre Büchse zu Hause. Machen Sie sich einen guten Bock aus, erkunden Sie seinen Wechsel – ich gebe Ihnen einen Bock frei, mehr nicht. Bei mir gibt es keine Abschußgebühren und ähnliche Dinge, womit manche Jagdherren ihr Budget lukrativ gestalten, auf der Jagd sind Sie mein Gast – aber, wie gesagt: Nur einen Bock! Suchen Sie sich den schönsten aus!«

Zwölf Tage ging ich jeden Morgen vor Sonnenaufgang auf den Ansitz, jeden Abend pirschte ich bis nach dem Dunkelwerden durch den Wald. Es war ein herrliches Revier, geschont und gepflegt, ich bekam manchen guten Bock zu Gesicht, und nicht nur einmal, denn sie pflegen meist an derselben Stelle zu wechseln, erst die Ricke mit dem Kitz und viel später erst der Bock, der sich zu ihnen gesellte. In meinen Gedanken gab ich jeder Rehfamilie einen Namen, meist nach dem Ort, wo ich sie sah: der Himbeerbock, der Forellenteichbock, der Genossenschaftsbock, jener nämlich, der auf die große, vom Wald umschlossene Wiese austrat, die einer landwirtschaftlichen Genossenschaft gehörte. Der prächtigste von allen aber, mit stark geperltem Gehörn, schon ein wenig zurückgesetzt, aber von unvergleichlicher Schönheit, war jener Bock, den ich den Einsamen nannte. Die letzten Tage ging ich nur noch zu ihm, jeden Morgen und jeden Abend, er war der Bock, den ich schießen wollte, er allein. Ich hatte an einem Waldschlag einen alten Hochsitz mit einer brüchigen Leiter entdeckt, von dem ich auf die von Blaubeeren und Farnkräutern bestandene Blöße hinuntersah. Es war kein sehr bequemer Sitz, ich hatte mir erst das Tannengrün ein wenig zurechtschneiden müssen, um einen freien Blick zu bekommen, aber der Einsame und ich, wir gehörten schon zusammen, er wußte es nur noch nicht. Er war ein etwas rauher Geselle, ein Einzelgänger, mir nicht unähnlich, auch von einem Hochmut, den man oft bei starken gesunden Tieren antrifft, die vor keinem Feind mehr Angst zu haben brauchen. Sicher hatte er in seiner Jugend viele Liebesabenteuer bestanden, manchen Rivalen abgeschlagen, er sah auch heute noch nicht so aus, als ob eine Schmalgeiß nicht Gefallen an ihm finden würde, wenn sie ihn bei guter Laune träfe – ich sagte schon, ich fand ihn in Gebaren und Aussehen mir sehr ähnlich. Ich hätte den Einsamen keinem anderen Jäger gegönnt, er war für meine Kugel bestimmt, ich wachte eifersüchtig über ihn, fast mit einer Leidenschaft, die ich längst aus meinem Blut weggespült glaubte, ich verschwieg jedermann den Wechsel des Einsamen, und als mich mein Gastgeber fragte, ob ich mir schon einen Bock ausgemacht hätte, ging ich mit ein paar nichtssagenden Worten darüber hinweg.

»Ja«, sagte ich, »es sind ein paar prächtige Burschen darunter, da fällt einem die Wahl schwer.«

»Ab heute gebe ich Ihnen den Schuß frei«, sagte er, »Sie können auch hinterher bei mir noch ein paar Fasanen und Hasen schießen, wenn es Ihnen Freude macht.«

An diesem Abend ging ich zum ersten Mal mit der Büchse in den Wald. Ich gestehe, daß ich sehr aufgeregt war. Aber von einem war ich überzeugt, daß ich heute mit dem Bruch am Hut zurückkehren würde, mit dem Tannenzweig, in das Herzblut des Einsamen getaucht. Meine Ferientage waren bald zu Ende. In zwei Tagen würde ich in die Stadt zurückfahren, die Trophäe, das geperlte Gehörn des Einsamen im Rucksack. Es würde bei mir über dem Schreibtisch hängen, zum Zwiegespräch, wenn mir danach zumute war und ich Sehnsucht nach diesem Waldsommer hatte, wo wir uns das erste Mal begegnet waren.

Ich pirschte mich leise, jedem trockenen Ast ausweichend, zu meinem Hochsitz. Der Wind stand günstig, er kam von dem blaubeerbestandenen Schlag zu mir herüber, mir klopfte das Herz vor Jagdfieber, den Einsamen als stolze Beute heimzutragen, so einen Bock schießt man nur einmal im Leben. Ich war heute eine halbe Stunde früher dran als sonst, ich hatte Zeit, mich oben gemütlich einzurichten, aber als ich meinen Fuß auf die unterste Sprosse der Leiter setzte, vorsichtig, auswiegend, um jedes Ächzen des verwitterten Holzes zu vermeiden, erblickte ich ihn plötzlich, den Einsamen. Er stand keine dreißig Schritt von mir entfernt und knabberte friedlich vom für ihn gedeckten Tisch des Waldes die jungen Zweige eines Ahornsprößlings, der aus der Wurzel des gefällten Baumes als sein Nachkomme ausgewachsen war. Der Einsame hatte mich nicht bemerkt, warf nicht einmal auf, sondern gab sich völlig dem Frieden des sonnigen Herbstabends hin. Er stand schußgerecht, das Blatt mir zugekehrt, der große Augenblick war für mich gekommen, die Minute des so oft vorgeträumten Schusses. Ich dachte noch daran, wie schön es war, daß er in dem letzten Sonnenstrahl auf seinem roten Rock stand, nie würde ich das Bild vergessen, dieses Waldstück in der Abendsonne, die weißen Spitzen des Gehörns, der rote Bock im grünen Feld, immer würde mich daheim das Gehörn des Einsamen an diesen Augenblick erinnern – ich hob die Büchse, schob mit dem Daumen die Sicherung zurück, ein letzter Druck auf den Stecher nach vorn, so daß jetzt die leiseste Berührung des Abzugs genügte, den Schuß zu lösen – das Blatt des Einsamen kam in mein Visier, Korn und Kimme standen waagrecht genau auf sein Herz, ich hatte ein Hochgefühl, mit nichts bisher in meinem Leben zu vergleichen . . .

Aber ich schoß nicht. Ich senkte den Lauf meiner Büchse. Ich konnte einfach nicht schießen. Ich liebte doch den Einsamen. Ich hatte in diesem Augenblick eine solche

Sehnsucht, ihm etwas Gutes zu tun. Ich wollte ihn besitzen, ja, zugegeben, er durfte keinem anderen gehören, zugegeben, aber ist der Besitz höher als die Liebe? Wie würde es in mir aussehen, wenn ich zu ihm treten würde, den Bruch in der Hand! Ein Stück Wildbret zu meinen Füßen, nicht mehr mein Freund, ein totes Tier nur noch, mit einem Marktwert nach Pfunden gewogen, keine Kreatur Gottes mehr, mir ähnlich – es wäre sehr einsam um mich gewesen und der Wald um mich herum feindlich und der Himmel über mir vorwurfsvoll. Ich klatschte in die Hände, der Einsame blickte zu mir herüber, er mußte mich sehen, ich stand aufrecht am Waldrand, vor der brüchigen Leiter, aber er wurde nicht flüchtig, er zog ein paar Schritte weiter, bis zum nächsten Ahornsprößling, dort äste er weiter. Und ich, um ihm in meinem Herzen durch gleiches Tun noch näher zu sein, bückte mich zu den Blaubeeren zu meinen Füßen und aß von ihnen eine Handvoll.

»Als Schneider zurück?« fragte mein Gastgeber, als ich in dieser Nacht mit meinem leeren Jagdsack heimkam. »Ist der Einsame heute nicht erschienen?«

Ich sah ihn überrascht an. »Woher wissen Sie, daß ich ihn ausgemacht habe? Und noch mehr: Wieso nennen Sie ihn den Einsamen? Das ist doch der Name, den ich ganz allein ihm gegeben habe.«

»Ein guter Jagdherr weiß alles, was in seinem Revier vorgeht«, sagte er. »Glauben Sie, ich hätte Ihnen diesen Bock freigegeben, wenn ich nicht genau gewußt hätte, daß Sie es nicht über das Herz brächten, ihn abzuknallen?«

Damit reichte er mir die Hand über den Tisch, und wir tranken uns zu.

Als ich zwei Tage später die Rechnung über meinen Aufenthalt von zwei Wochen bezahlen wollte, lag sie bereits quittiert in meinem Fach. Darunter stand: »Sie waren zu Gast bei dem Einsamen.«

# Das Porträt

»Nur wer im Wohlstand lebt, lebt angenehm«, zitieren viele. Das sagte sich auch Herr Neumeister. Nicht, daß er sich seinen Wohlstand auf unrechtmäßige Weise erschuf, nein, der Wohlstand war mit den Jahren über ihn hereingebrochen, mit zwölf Stunden Arbeit am Tag, im freien Beruf. Er hatte oft die Nacht zum Tag gemacht, seine Reklamesprüche waren begehrt, die er den großen Firmen zu guten Preisen verkaufte. Im Werbefernsehen liefen seine Verse, die Zeitungen wiederholten sie, Herr Neumeister hatte auch ein Buch über den Humor in der Reklame geschrieben, kurz, er nahm das Geld, wo er es verdienen konnte, ließ seine Kinder etwas lernen, trieb einen gesunden Aufwand, hatte ein schönes Haus mit Garten gemietet, er verwöhnte seine Frau, die immer besonders schön angezogen war, heute ein kleidsamer Hut, morgen eine Handtasche aus Kroko, er zechte mit Geschäftsfreunden und fuhr jedes dritte Wochenende, wenn er es ermöglichen konnte und nicht den Sonntag zum Werktag machen mußte, weil sich die Aufträge häuften, mit seiner Familie aufs Land, an einen See, ins Gebirge. Ein normales Leben also, wie wir es heute gewöhnt sind, nicht übertrieben, das, was uns zukommt, wenn unsere Arbeit von Erfolg begleitet ist. Verständlich, bei diesem Leben und drei Kindern im Haus kann man keine Reichtümer erwerben und nichts auf die hohe Kante legen, aber man ist ja noch jung, vorgestern war man noch dreißig, gestern vierzig, und mit fünfzig ist man noch lange kein alter Mann. Da kann man sich getrost noch etwas zumuten – aber eines Tages hatte sich Herr Neumeister etwas zu viel zugemutet, und der

Schlag streifte ihn. Er streifte ihn härter, als es sonst meist der erste Schreckschuß zu tun pflegt. Herr Neumeister war beiderseitig gelähmt, wurde in ein Krankenhaus gebracht, und die Ärzte standen achselzuckend um sein Bett. »Wenn ihm die Natur nicht hilft, ärztliche Kunst vermag da wenig . . .«

Am Ersten war die Miete fällig, am Zweiten das Licht, am Dritten das Telefon, am Vierten die Autorate für den neuen Wagen, dazu die Arztkosten, das Studiengeld für den Sohn, das Internatsgeld für die Töchter – da war noch Geld im Portemonnaie und auf dem Konto. Aber als der nächste Erste kam, mußte Frau Konstanze schon die Beträge aus allen Ecken zusammenkratzen, denn in einem freien Beruf geht wohl gutes Geld ein, aber wenn nichts an Arbeit hinausgeht, kommt der Briefträger nicht mehr mit Schecks ins Haus, und auf das Postscheckkonto tröpfelt es kaum noch, das ist so im freien Beruf.

Der Zustand des Kranken versprach keine Besserung. Es war fraglich, ob Herr Neumeister je wieder arbeiten und seinem Beruf nachgehen konnte. Aber was eine Frau von heute ist, die fügt sich nicht einfach klagend in ihr Schicksal, sondern packt zu und versucht, mit dem Leben auf ihre Weise fertig zu werden. Da Konstanze als junges Mädchen die Akademie der Schönen Künste besucht hatte und für ihre Porträts damals sogar ein Stipendium erhielt, erinnerte sie sich ihres Könnens und der Eitelkeit der Menschen. Sie hatte aus ihrer guten Zeit, die erst zwei Monate zurück lag, einen großen Bekanntenkreis wohlhabender Leute, Anwälte, Direktoren, Schauspieler, Filmmanager und Produzenten und wie alle die gutverdienenden Leute heißen. Zu ihnen ging sie kurzentschlossen und bot ihnen an, ihr Porträt zu malen, die Persönlichkeit des Mannes, die späte Schönheit der Ehefrau, die zarte Lieblichkeit der Kinder.

Hundert Mark verlangte sie für ein Porträt, an dem sie

zwei Tage arbeitete, und sie war überzeugt, daß sie so ihr vorübergehendes Fortkommen fände, denn der alte Freundeskreis war groß, in dem ein Hundertmarkschein keine beträchtliche Rolle spielte und alle ihre Notlage gut kannten.

Wir selbst, meine Frau und ich, gehörten zu dem alten Freundeskreis. Als Frau Neumeister zu uns kam und uns anbot, Porträts von mir und meiner Frau zu machen oder, falls dies uns zu zeitraubend sei, unsere beiden Töchter für hundert Mark zu porträtieren, hörten wir sie aufmerksam und mit innerem Mitgefühl an und versprachen, nicht gerade bindend, aber doch nicht ablehnend, uns die Sache durch den Kopf gehen zu lassen. Im Augenblick allerdings ständen wir vor einer unaufschiebbaren Reise, aber, wenn wir zurückkämen – warum nicht?

Wir trafen noch am gleichen Abend andere Freunde, bei denen Frau Neumeister ebenfalls vorstellig geworden war, und wir besprachen, da der Frau ja irgendwie geholfen werden mußte, wohlwollend ihren Vorschlag.

»Nun ja«, sagte einer von uns, »ich werde mir zwar nicht mein eigenes Porträt im Zimmer aufhängen –«

»Außerdem weiß man ja nicht, wie es ausfällt –«

»Das ist es«, ergänzte der dritte. »Kann sie denn überhaupt porträtieren?«

»Sie sagt es. Abgesehen davon – zum Stil unserer Wohnung passen keine Bilder an der Wand!«

»Dazu muß man so ein Bild noch rahmen lassen, und so ein Rahmen kostet ein Heidengeld.«

Einer wurde ganz massiv und sagte: »Ich, der ich einen frühen Picasso und einen Matisse habe, kann mir doch keinen Neumeister an die Wand hängen!«

»Eigentlich eine Zumutung.«

»Wahrhaftig! Eine Zumutung.«

Als Frau Neumeister merkte, daß die reichen Freunde ihres Mannes, die oft ihre Gastfreundschaft genossen und es auch in vorgerückter Stunde – denn sie war heute noch eine schöne, ansehnliche Frau – an Beteuerungen ihrer Verehrung nicht hatten fehlen lassen, im Augenblick Reisen und unaufschiebbare Geschäfte vorschützten, verlor sie eines Tages ihren Lebensmut und klagte ihrer Putzfrau, einer gewissen Frau Scheuermann, ihr Leid. Sie schilderte – denn einen Menschen muß der Mensch ja haben, an den man hinweinen und dem man sein Herz ausschütten kann, und die Putzfrau war im Augenblick die Nächste – ihre Lage und was ihr von den reichen Freunden ihres Mannes widerfahren war.

»Können Sie denn Porträts malen?« fragte Frau Scheuermann.

»Ich habe es als junges Mädchen gelernt.«

»Was haben Sie verlangt?«

»Hundert Mark«, sagte Frau Neumeister verlegen, »ich brauche Geld. Die Krankheit meines Mannes –«

Da setzte sich Frau Scheuermann, die Putzfrau, was sie sonst nie zu tun pflegte, in den großen Sessel, nickte und war mit Frau Neumeister einer Meinung über die Welt.

Als Frau Scheuermann das nächste Mal zum Putzen kam, brachte sie zehn Porträtaufträge mit, von der Gemüsefrau in der Straße, von der Milchfrau, bei der Frau Neumeister seit Jahren ihre Butter und die Milch kaufte, von der Bäckerin, von der Zeitungsfrau, vom Bierfahrer, von der Frau aus der Waschanstalt, von ihrer eigenen Hausschneiderin, vom Briefträger, vom Busfahrer, und setzte hinzu: »Ich möchte mich auch gern, wenn es nicht zu unverschämt ist, von Ihnen malen lassen. Wenn Sie wollen, können Sie sofort anfangen. Das Geld habe ich mit. Ich muß mir nur erst noch einmal mit dem Kamm durch die Haare fahren ...«

Da Frau Scheuermann auch unsere Putzfrau war und ich sie eines Tages, als ich es erfahren hatte, fragte, wie die Porträts ausgefallen wären und ob denn diese einfachen

Leute überhaupt Verständnis für die Bilder hätten und warum sie sich überhaupt hätten von Frau Neumeister malen lassen, sah mich Frau Scheuermann nur kurz an und sagte, nicht gerade freundlich: »Ganz einfach – wir wollten ihr helfen.«

# In Asien ist es anders

Drei Familien sind mit uns befreundet. Die Baumanns, die Willingers, die Weidners. Wir besuchen uns sonntags gegenseitig, im Monat einmal. Im Winter gehen wir zu ihnen, im Sommer kommen sie zu uns aufs Land. Es ist so wie überall in Europa, man kennt sich, man besucht sich, bringt die Kinder mit, und wenn der Besuch wieder gegangen ist, sagt jede Familie erlöst: »Am schönsten ist es doch wieder allein!«

Baumanns leben daheim mit ihrem alten Vater. Wenn Baumanns Besuch bekommen, kaufen sie ihrem alten Vater eine gute Zigarre, eine Illustrierte und eine halbe Flasche Wein und sagen zu ihm: »Bleib heute abend in deinem Zimmer! Heute kommen die Röslers zu uns, du tust dich da schwer, du hörst schlecht, du sprichst langsam – sei lieb und laß dich möglichst nicht sehen, wir stellen dir das Radio hinauf.«

Wir haben Baumanns alten Vater bis heute nie zu sehen bekommen, so oft wir dort waren, und fanden es ganz in Ordnung, denn jung und alt gehören nicht zusammen.

Bei Willingers lebt die Mutter des Mannes mit im Haus. Sie ist Witwe, hat eine kleine Rente zu verzehren und trägt die abgelegten Kleider der jungen Frau. Nun ja, sie kommt ja auch nirgendwo hin, wo es darauf ankommt. Wenn Willingers über Sonntag zu uns kommen, bringen sie ihre Mutter mit, da man sie nicht gut allein zu Hause lassen kann.

»Du mußt verstehen, Johannes«, sagt Herr Willinger, »wir können Mutter nicht gut allein zu Hause lassen. Du mußt schon verzeihen, daß wir sie mitbringen. Ich weiß, es ist nicht angenehm für euch, aber sie kann deiner Frau beim Geschirrabspülen helfen, auf die Kinder aufpassen, sich ein wenig im Garten nützlich machen. Abends geht sie zeitig zu Bett, sie wird euch nicht zur Last fallen, nur bei Tisch muß sie halt mitessen – ich hoffe, ihr habt nichts dagegen.«

Bei Weidners ist die Sache anders.

Auch Herr Weidner hatte seine Mutter im Haus. Auch sie lebte von einer kleinen Rente.

Aber als wir zum ersten Mal zu Weidners kamen, sagte Herr Weidner stolz: »Johannes, darf ich dich meiner Mutter vorstellen?«

Es war für mich eine Ehre, würdig zu sein, mit der alten Dame bekannt gemacht zu werden, die alte Dame kennenlernen zu dürfen. Denn ich spürte die Liebe des Sohnes und die Verehrung für seine Mutter. Und wenn Weidners zu uns kamen, betrachtete ich es als eine Auszeichnung für mich und meine Frau, wenn Weidners ihre Mutter mitbrachten. Wir verwöhnten sie, sie bekam den besten Platz am Tisch und am Abend den bequemsten Sessel, und wir saßen um sie herum und hörten ihr aufmerksam zu. Denn wo einer seine Mutter hinstellt, dort steht sie für alle Zeiten.

# Der Liebesbeweis

Mein Sohn Peter war gerade zwölf Jahre alt. Er war ein gesundes Kind, groß und kräftig für seine Jahre, hatte mehr Sinn für den Fußball und das Indianerspielen als für die Schule, wir ließen ihn gewähren, ich wollte, daß er später ein Handwerk erlerne – kurz, er war ein Junge wie jeder seines Alters, und auch das hatte er mit seinen Altersgenossen gemein: Er wusch sich nicht gern. Denn was ein echter Junge ist, der geht am liebsten im Sommer dreimal schwimmen, aber um die Seife macht er gern einen großen Bogen. Meine Frau hatte in dem Punkt ihre liebe Not mit ihm.

»Bist du schon gewaschen, Peter?«

»Ich wasche mich später, Mutti.«

»Ein Junge wäscht sich das Gesicht, den Hals und die Ohren, ehe er sich zum Frühstück hinsetzt.«

»Wir gehen doch mit der Schule gleich schwimmen!«

Ein Vorwurf für die Unvernunft der Erwachsenen. Denn wenn man sowieso schwimmen geht, wozu muß man sich dann vorher waschen?

Meine Frau, derartiger Ausreden müde, ließ dies nicht gelten. Sie schickte den Jungen zum Waschtisch zurück, ehe sie ihm sein Frühstück verabreichte, und beobachtete ihn vom Garten durch das offene Fenster, wie er listig nur den Waschlappen naß machte, ihn ausdrückte und wieder hinlegte, ohne sich damit über das Gesicht und den Hals zu fahren.

Peter kam zurück zum Tisch und sagte: »Jetzt habe ich mich gewaschen, Mutti!«

»Peter! Sag die Wahrheit!«

»Sieh dir doch den Waschlappen an. Er ist noch ganz naß.«

Da sagte meine Frau: »Ich habe dir durchs Fenster zugeschaut. Wenn du so weitermachst und dich nicht wäschst, wirst du bald sehr häßlich werden. Sauberkeit verschönt, und Schmutz macht alt und häßlich, und kein Mädchen schaut dann später auf dich, und du wirst nie eine Frau bekommen.«

Wie Mütter so reden. Gutgemeint und nicht logisch. Die größten Dreckputtel haben oft die hübschesten Frauen. So ist das wahre Leben.

Da kam zu Mutters Schreck und Entsetzen die größte Überraschung aus ihres zwölfjährigen Jungen Mund. »Ich habe schon eine Freundin«, sagte er.

»Was? Du? Wie heißt sie?«

»Das verrate ich nicht.«

Da kam meine Frau zu mir und sagte, ich solle ein wenig auf Peter aufpassen.

Ich beobachtete Peter. Ich konnte nichts Unrechtes an ihm entdecken. Seine kleine Freundin lernte ich auch bald kennen. Es war die elfjährige Angela vom Zuckerbäcker Droste, ein nettes hübsches Ding, sehr zart und zierlich, ein Blondkopf, mit blauen Augen und langen dünnen Storchenbeinen. Ich brauchte lange Zeit, um dahinterzukommen, wer die Freundin meines Jungen war. Sie saßen nie allein, sie gingen auch nicht miteinander schwimmen und spielten auch nicht zusammen, ich beobachtete nur einmal, wie Peter, der sonst ganz vernünftig Rad fuhr, sofort Firlefanz trieb und auf seinem Rad paradierte, wenn die kleine Angela in der Nähe war. Da fuhr er freihändig mit verschränkten Armen, trieb die wildesten Kapriolen auf seinem Rad. Wenn er den Friedhofsberg hinunterfuhr, streckte er die Beine weit seitwärts von den Pedalen, ja, einmal versuchte er sogar, wie er es kürzlich im Zirkus gesehen hatte, seine Beine auf die Lenkstange zu legen und so in dieser höchst gefährlichen Haltung den Berg hinunterzufahren. Auch sah ich ihn eines Tages in der Nähe unseres Bahnhofs auf einer heruntergelassenen Bahnschranke balancieren und erst in letzter Minute herunterspringen, als die Bahnschranke wieder hoch ging. Auf Angela schienen diese ihr zu Ehren vollführten Kunststücke keinen Eindruck zu machen, aber mein kleiner Peter gab nicht nach, sich zu produzieren, wann immer seine Freundin in der Nähe war.

Auffallend für mich war auch, daß Peter sich neuerdings fleißig wusch, oft drei- und viermal am Tag, und sich richtig den Hals und das Gesicht einseifte, daß es nur so schäumte. Er begann bereits, Seifenwünsche zu äußern. »Mama, warum kaufen wir nicht einmal die Seife, die nach Maiglöckchen schmeckt?« fragte er und am nächsten Tag: »Mutti, ich habe beim Drogisten in der Auslage eine Seife gesehen, da war eine rote Rose darauf. Gibt es Seifen, wo man hinterher, der Hals und alles, nach Rosen riecht?«

Auch mußten wir ihn nicht mehr ermahnen, sich die Zähne zu putzen – sogar die großen Regenpfützen vermied er seit einiger Zeit, denn er legte plötzlich Wert auf saubere Schuhe, und auch seine Fingernägel waren täglich ausgeputzt. Ja, eines Tages, als ich aus dem Garten vom Unkrautjäten kam und mich, wie ich war, zum Kaffeetrinken niedersetzte, bemerkte ich die mißbilligenden Blicke meines Jungen auf meine Hände, der, als das nichts nützte, sagte: »Mutti, schenk Vati noch nicht ein, er will sich erst noch die Hände waschen . . .«

Die Tatsache, daß Peter eine Freundin hatte, hielt er vor der Familie nicht mehr geheim. Er hatte uns auch ihren Namen genannt und sich, zwar ein wenig verlegen, aber doch recht munter, erkundigt, was wir zu seiner Wahl sagten. Eines Abends nahm ich ihn mir väterlich vor und fragte: »Woher weißt du, daß sie dich liebt?«

»Ach«, sagte Peter, und es klang, als ob diese Frage keiner Antwort bedürfe, dann aber fügte er auf das geringschätzige Ach noch fünf Worte hinzu: »Liebe kann man nicht beweisen.«

»Doch. Es gibt Beweise vor sich selbst, um festzustellen, ob man ein Mädchen liebt und wieder geliebt wird«, sagte ich. »Ladest du sie beispielsweise von deinem Taschengeld manchmal auf ein Eis oder ein Stück Kuchen ein?«

Mein Junge sah mich an, als ob ich die größte Dummheit des Jahrhunderts gesagt hätte. »Eine Zuckerbäckerstochter?« rief er.

»Das habe ich übersehen. Also gut – ladest du sie am Nachmittag ins Kino ein?«

»Ach, diese dummen Märchen, in die sie uns hineinlassen!«

»In ›Old Shatterhand‹ oder in den ›Schatz im Silbersee‹?«

»Da mußte die Arme mit ihrem Vater gehen.«

»Oder geht ihr einmal im Wald spazieren, am Bachufer entlang, schreibst du für sie Gedichte und liest sie ihr vor?«

»Hast du das früher gemacht, Vater?«

»Ja. Ich habe Mutter angedichtet und ihr meine Gedichte vorgelesen, wenn wir allein waren.«

»Hat sie da nicht sehr gelacht? Bei Angela wäre ich damit unten durch.«

Da war ich mit meinem Latein zu Ende und wiederholte nur noch meine Frage: »Woher weiß Angela, daß du sie liebst?«

»Das weiß sie. Das spürt sie.«

»Woran?«

Da sagte mein Junge: »Gestern haben wir uns gestritten. Sie hat mir eine Ohrfeige gegeben, und ich habe nicht zurückgeschlagen – ist das etwa kein Liebesbeweis, Vater?«

# Die Maske

In den Laden des Maskenverleihers trat ein Mann. Er nannte sich Hugo Knall. Er sagte dies auch. »Können Sie raten?« fragte er, als er eintrat.

»Raten?«

»Ja.«

»Rätsel?«

»Nein. Mir.«

Der Maskenverleiher war endlich im Bilde. »Selbstverständlich kann ich Ihnen das«, sagte er freundlich.

»Dann raten Sie mir, als was ich gehen soll.«

»Das kommt ganz darauf an, wozu Sie das Kostüm brauchen, Herr Knall.«

»Zum Anziehen, Herr!«

»Sie mißverstehen mich, Herr Knall. Ich meine, ich muß wissen, auf welchen Ball Sie gehen wollen.«

»Warum? Wollen Sie auch hinkommen?«

»Nein. Aber wie soll ich Ihnen sonst einen Rat geben?«

Hugo Knall sagte gewichtig: »Auf den Jägerball.«

»Aha! Da habe ich eine schöne Auswahl in Jägerkostümen mit Büchse und Hifthorn.«

»Nein. Da wäre meine Frau nicht einverstanden.«

»Oder vielleicht als Wilderer?«

»Beileibe! Davon gibt es zu viele!«

»Ach so – Sie lieben mehr eine individuellere Maske?«

»Eine was?«

»Eine individuellere Maske!«

»Ja. Ungefähr.«

»Wie wäre es mit dem Freischütz?«

»War der Freischütz verheiratet?«

»Nein. Das nicht.«

»Dann geht es nicht. Meine Frau hat gesagt, ich soll –«

»Oder als Wilhelm Tell?«

»Das erlaubt meine Frau nicht.«

»Warum nicht? Wilhelm Tell ist doch der Schweizer Freiheitsheld!«

»Da käme ich bei meiner Frau schlecht an. Erstens die Schweiz und zweitens Held und drittens die Freiheit! Noch dazu im Fasching! Nein, ich wüßte schon etwas!«

»Als was Sie auf den Jägerball gehen könnten?«

»Ja.«

»Als was?«

»Als Napoleon.«

Der Maskenverleiher schüttelte den Kopf: »Aber Napoleon war doch nie ein Jäger!«

»Das habe ich meiner Frau auch gesagt«, seufzte Hugo Knall, »aber sie hat gesagt: ›Du gehst als Napoleon oder ins Bett.‹«

»Warum will denn Ihre Frau, daß Sie als Napoleon gehen?«

Hugo Knall schwieg eine Weile. Dann sagte er: »Da ist erstens unser Prokurist daran schuld.«

»Ihr Prokurist?«

»Ja. Der geht nämlich als Leibjäger Napoleons.«

»Aha! Ich verstehe!«

»Sie verstehen eben nicht!«

»Sie wollen mit ihm zusammen gehen?«

»Gerade daneben. Eben nicht!« sagte Hugo Knall. »Aber meine Frau hat gesagt: ›Wenn der Prokurist als Leibjäger geht, dann mußt du als mehr gehen. Du bist doch schließlich der Chef, Hugo‹, hat sie gesagt. ›Sonst hast du nur plumpe Vertraulichkeiten zu erwarten‹, hat sie gesagt. Das wäre der eine Grund.«

»Und der zweite, Herr Knall?«

»Meine Frau will als Königin gehen. Sie sagte, sie habe

sonst nichts vom Leben. Und wenn sie nicht als Königin gehen könne, dann gehe sie lieber gar nicht. Und wenn sie nicht gehe, dann dürfe ich auch nicht.«

»Und der dritte Grund, Herr Knall?« fragte der Maskenverleiher belustigt.

»Der dritte Grund ist das Gedränge.«

»Das Gedränge, Herr Knall?«

»Ja. Wegen der Brieftasche.«

»Das verstehe ich nicht.«

»Das verstand ich erst auch nicht«, meinte Hugo Knall, »aber meine Frau hat gesagt: ›Auf so einem Ball kommen eine Menge Leute zusammen, von denen man nichts Gewisses weiß.‹ Und wenn ich als Napoleon gehe, muß ich doch die eine Hand immer in den Rock stecken. Sie wissen doch, wie der alte Napoleon immer dagestanden ist?«

»Und ob!«

»Da kann ich eben den ganzen Abend meine Brieftasche festhalten, hat meine Frau gesagt. Und das ist gar nicht so dumm, nicht wahr?«

»Nein. Dumm ist das nicht.«

»Und doch ist es dumm!« sagte plötzlich Hugo Knall ziemlich heftig und beinahe erschrocken.

»Warum denn?«

»Weil das bei mir gar nichts nützt!«

»Warum nicht?«

»Ich trage mein Geld in der Hose!«

»Dann stecken Sie eben die Hand in die Hosentasche, Herr Knall!«

»Als Napoleon?«

»Warum nicht? Auch Napoleon wird einmal die Hand in der Hose gehabt haben.«

»Ja. Aber nur, wenn seine Frau nicht dabei war. Meine Frau würde das nie erlauben! ›Hugo‹, würde sie sagen, ›nimm die Hand aus der Hose, das gehört sich nicht!‹«

»Ja, haben Sie denn daheim gar nichts zu sagen, Herr Knall?«

Hugo Knall seufzte: »So dürfen Sie das nun nicht auffassen, werter Herr! Da käme ich bei meiner Frau schön an, wenn ich sagte, ich stünde unter dem Pantoffel! ›Du bist der Mann, Hugo‹, sagt sie immer, ›und das wird so und so gemacht, Hugo, verstanden? Und diesmal gehst du als Napoleon! Die eine Hand steckst du in die Jacke, und in der anderen Hand hältst du meine Handtasche, das Lorgnon, meinen Fächer und meinen Schal. Du wirst sehen, wie gut du dich amüsierst, Hugo‹, hat sie gesagt.«

»Und Sie haben ja gesagt, Herr Knall?«

»Freilich.«

»Und Sie wollen wirklich als Napoleon gehen?«

»Ich muß doch.«

»Schade. Ich hätte für Sie eine wunderschöne, eine so passende Maske.«

Hugo Knall horchte auf: »Eine Maske, die für mich paßt?«

»Ja.«

»Als was soll ich gehen?«

»Als Waschlappen, Herr Knall.«

# Schottischer Fasching

Am Aschermittwoch war das Kaffeehaus halb leer.

An einem Tisch saß ein Herr, der ließ Kopf und Arme hängen.

»Nanu, Hiob? Drei Tage vor der Verlobung?«

»Aus ist es! Keine Verlobung! Keine Hochzeit!« schrie Hiob. »Keine Mabel! Nichts! Schluß! Punktum finitum!«

Der Freund angelte nach einem Stuhl und setzte sich Hiob gegenüber. »Willst du mir nicht dein Herz ausschütten?«

»Was ist da auszuschütten?« knurrte Hiob erbost. »Du weißt ja, wie ich Mabel liebte, seit ich sie vorigen Sommer kennenlernte. Als sie dann zu ihren Eltern nach Schottland fuhr, schrieb ich ihr täglich die zärtlichsten Briefe. Auf rotem und rosafarbenem Briefpapier schrieb ich von meiner brennenden Liebe, auf blauen Bögen wies ich auf meine unwandelbare Treue hin, ein weißer Bogen dazwischen, damit sie die Reinheit meiner Anbetung erkenne. Wenn ich einmal Grund zu haben glaubte, eifersüchtig zu sein, wählte ich mit Bedacht gelbes Briefpapier. In den letzten Wochen dann, als es bereits feststand, daß wir uns Anfang März verloben wollten, schrieb ich ihr nur noch auf grünem Papier, denn Grün ist die Farbe der Hoffnung. Wir setzten den Tag der Verlobung an. Ein großes Faschingsfest in Edinburgh, zu dem ich pünktlich einzutreffen versprach, sollte der Auftakt sein. Beschwingten Herzens fuhr ich nach Schottland. Es war ein seliges Wiedersehen. Wir konnten uns nicht satt küssen, nicht auf dem Bahnhof, nicht in der Droschke, nicht in der häuslichen Halle, wir küßten uns und küßten uns und wurden immer angeregter – am Abend dann, für den festlichen Maskenball, lag schon für mich ein Kostüm bereit. In ihrem weißen Rokokokostüm sah Mabel so schön aus wie noch nie. In ihrer rechten Hand hielt sie einen großen, spitzengeschmückten Pompadour. So betraten wir den festlich erleuchteten Saal. Wir tanzten, wir tanzten in den siebenten Himmel der Liebe hinein. Dann – die Stunden verflogen in Windeseile, die Stimmung wurde immer ausgelassener, schon kräuselten sich die ersten Luftschlangen durch den Saal, Konfettischlachten entwickelten sich hier und dort – griff Mabel in ihren Pompadour, der bis zum Rand mit buntem Konfetti gefüllt war. Lachend warf sie die bunten Schnitzel auf die Tanzenden, auch ich nahm eine volle Hand des bunten Zeugs – da aber zuckte ich zusammen, ich erblaßte, ich begann zu stottern und zu stammeln. Ich ging. Ich verließ den Saal, die Stadt, das Land. Ich verließ es für immer, um nie wieder nach Schottland und zu Mabel zurückzukehren.«

»Aber was war denn geschehen, Hiob?«

»Das Konfetti –«

»Nun?«

»Es war kein gekauftes Konfetti! Es war selbstgemachtes Konfetti!«

Der Freund fragte verwundert: »Und deswegen hast du das Mädchen verlassen, das du liebtest und heiraten wolltest? Nur weil sie sich ihr Konfetti selbst gemacht hat?«

Hiob klagte: »Aber woraus?! Aus meinen roten, rosafarbenen, blauen, grünen und gelben Liebesbriefen!«

# Die Büchse des Vergnügens

»Ich werfe mein Geld doch nicht mit beiden Händen in die Luft!« knurrte Kurt Kniesig. »Narren sind das, die für ihr schwer verdientes Geld teures Konfetti kaufen und läppische Luftschlangen verschleudern! Nein, nein, der Fasching ist eine Beutelschneiderei, ein buntes Netz, in dem sich nur die Dummen fangen! Ich gestalte mir meinen Fasching anders!«

Und Kurt Kniesig gestaltete sich den Fasching auf seine Art. Am Faschingsdienstag eilte er zur Bank und hob einen erheblichen Betrag ab. Dann kaufte er sich eine Blechbüchse, verlötete sie sorgsam, schnitzte oben einen schiefen Schlitz hinein, dann schüttete er sein ganzes Geld auf den Tisch, nahm die Blechbüchse in den Schoß und begann.

»Wäre ich am Faschingssonntag ausgegangen«, sagte er zu sich, »so hätte ich in einem Restaurant ein Faschingsmenü gegessen. Das hätte schwelgend aus fünf Gängen bestanden, wahrscheinlich Brathering, Suppe, Fischfilet, Schweinebraten und Apfelmus. Dazu ein kleines Bier, die Zeche wäre nicht klein gewesen, wenn man sich gar noch zum Abschluß eine Zigarre zu vierzig geleistet hätte. Wahrscheinlich wäre man auch noch mit der teuren Straßenbahn heimgefahren, statt zu laufen – hinein mit dem gesparten Geld in die Büchse!«

Er nahm von den vor ihm aufgehäuften Geldscheinen einen Teil und stopfte ihn in die Büchse.

»Am Rosenmontag«, fuhr er dann fort, »wäre ich wahrscheinlich in die Nachmittagsvorstellung der großen Revue ›Die letzten Schleier fallen‹ gegangen. Ich hätte mir zwar keinen teuren Platz gegönnt, aber auch die hintersten Parkettsitze kosten bei einer derartigen Augenweide ein Vermögen. Dazu ein gedrucktes Programm, denn man möchte ja gern wissen, wie sie heißt, die einem gefällt, damit man sie im Traum nachts so rufen kann. Ein Theaterglas, das das Erblickte zehnmal vergrößert, hätte ich mir wahrscheinlich auch geliehen, eine gewaltige Ausgabe, die aber so einen Revuebesuch erst zum Fest macht. In der Pause hätte ich mir am Büfett eine Fischsemmel geleistet, auf die Fischsemmel hätte ich Durst bekommen, auf den Durst hätte ich ein Bier getrunken. Sicher wäre auf dem Heimweg ein Kaffeehaus mit bunten Lichtern und frohen Klängen gelegen, die mich zur Einkehr verlockt hätten. Ein Glas Wein steht erschreckend schnell auf dem Tisch, eine Saaltochter bietet Luftschlangen an, man wirft, man bleibt, bald sitzt ein zweites Lebewesen am Tisch und greift nach dem Glas – zum Teufel, wer weiß, wie das endet! Darum lieber das Geld gespart! Hinein in die Büchse!«

Und wieder griff Kurt Kniesig mit beiden Händen in den Geldhaufen und stopfte, was er fassen konnte, in die Büchse.

Dann holte er tief Atem und sprach zum dritten Male: »Nun gar der Faschingsdienstag, die Hochburg des Geldausgebens! Wie lustig soll die Redoute ›Die Nacht der Nächte‹ sein! Sicher wäre ich hingegangen. Aber welch hohen Betrag hätte dieses flüchtige Vergnügen verschlungen! Die Leihgebühr für ein einfaches schlichtes Kostüm, die Eintrittskarte, die Garderobenmarke, dazu kommt das Geld für eine Gesichtsmaske, für zwei Kotillonorden, für eine Tüte Konfetti – welch unsinnige Vergeudung, bevor die Lust beginnt! Dann schwingt man das Tanzbein. Zum Faschingstanz gehört die Faschingsbraut. Und Faschingsbräute kosten Geld. Hunger haben sie, Durst haben sie, Blumen wollen sie und Luftballons. Sie lassen sich fotografieren, wollen Puppen und Teddybären, wollen würfeln, kegeln, reiten und rutschen. Mit einer Flasche Wein ist es nicht getan, man muß eine Selters dazu bestellen, um länger zu reichen, dazu kommt ein Schnäpschen an der Bar und ein Mokka im Zelt. Schon sieht man sein Geld nicht mehr an, schon gibt man dem Stehgeiger eine Mark, schon klimpert das Geld lose in der Tasche, hier eine Mark und da eine Mark, an der Garderobe hilft einem einer in den Mantel und wölbt die Hand, der Portier wartet auf einen Groschen, der Chauffeur will einen Groschen, und der Hausmeister will zwei Groschen, wenn er nachts um drei Uhr das Tor aufsperrt. Und wofür das viele Geld? Für ein vergängliches Vergnügen, für einen flüchtigen Faschingstaumel! Mein Vergnügen dieses Jahr ist diese Blechbüchse, das ist meine Büchse des Vergnügens! Da währt der Fasching ein volles Jahr, wenn man sie schüttelt. Und darin rauscht und knistert das im Fasching ersparte Geld. Darum hinein mit dem ganzen Zauber! Hinein in die Büchse des Vergnügens!«

Am nächsten Morgen, als Kurt Kniesig aufstand, die Büchse des Vergnügens wohlgefällig zu betrachten, war die Büchse verschwunden. Ein Dieb war in der Nacht durch das offene Fenster eingestiegen und hatte sie gestohlen. Mit sichtlichem Mißbehagen nahm Kurt Kniesig von dieser Tatsache Kenntnis, sein Mißvergnügen steigerte sich aber zur weißen Wut, als er in der Gerichtsverhandlung – man hatte den Dieb schnell gefaßt, und er war geständig – erfuhr, was der Dieb mit dem Geld getan hatte.

»Ich bin«, sprach jener, »zunächst in die Nachtvorstellung der großen Revue ›Die letzten Schleier fallen‹ gegangen und habe mich in die vorderste Reihe gesetzt, ein Genuß erlesenster Art. Dann habe ich in einer Schlemmerbar ein Faschingsmenu mit achtzehn Gängen gegessen und dazu einen wohltemperierten alten Burgunder getrunken. Es gab Hummer, Vogelnestersuppe, getrüffelte Gänseleberpastete, Forelle blau, gespickten Fasan, ein Entrecôte mit Sauce Béarnaise und Pommes frites, rosanen Hammelrücken mit Spargelspitzen und hinterher frische Ananas und gebackene Pfirsiche. So angeregt, entlieh ich mir das schönste und teuerste Faschingskostüm, besuchte die Redoute ›Die Nacht der Nächte‹ und mietete eine versteckte Loge ganz für mich allein. Die schönste und jüngste und ausgezogenste Schauspielerin der Revue war mein Gast, wir tranken Sekt, ich überschüttete sie mit Blumen, wir lachten und tanzten und küßten uns die ganze Nacht, wir ließen uns fotografieren und würfelten und kegelten, ritten und rutschten. Es war ein wirklicher Rausch des Vergnügens.«

»Und dann war das gestohlene Geld zu Ende?« fragte der Richter.

Der Dieb schüttelte den Kopf: »Einen Zwanzigmarkschein fand ich noch in meiner Tasche, als mir der Hausmeister heute früh das Tor aufschloß. Ich schenkte ihn ihm. Im Fasching erspartes Geld soll – wie man sagt – dem Besitzer kein Glück bringen . . .«

# Glück auf der Straße

Mein Name ist Walter Lopthien. Einer von vielen.

Mitten im Fasching, an einem Abend, als ich spät vom Kaffeehaus heimging, fand ich sie. Sie stand auf der Straße, an ein Haustor gelehnt, und weinte. Ihr dünnes, buntes Fähnchen, ein Faschingskostümchen, selbstgenäht, das offenbar ein ungarisches Hirtenmädchen darstellen sollte, lenkte meinen Blick auf sie.

Ich blieb stehen. »Sie weinen?«

Sie gab mir keine Antwort. Ich hatte weder Absicht noch Zeit.

Aber da ich nun schon einmal stehen geblieben war, fragte ich weiter: »Kann ich etwas für Sie tun?«

Sie schüttelte traurig den Kopf. Ich kam mir ein wenig dumm vor, wie ich da vor ihr stand. Sie tat mir leid, das war auch alles. Plötzlich hob sie den Kopf, ihre Augen blitzten zornig: »Lassen Sie mich in Ruhe!«

Sie schien höchstens achtzehn. Ein hübsches Gesicht, wie ich jetzt erkannte, aber ohne jeden Ausdruck und ohne alles, was mir sonst an Frauen gefällt.

»Gehen Sie weiter, oder ich rufe um Hilfe!«

Eine Schneegans! Eine wirkliche Schneegans! Hat sie keinen Verstand, die Männer zu unterscheiden? Sehe ich aus wie einer, der nachts durch die Straßen streicht und auf Abenteuer aus ist? In meinen Jahren? Ich ärgerte mich, daß ich stehen geblieben war, ein unerwünschter Samariter – sollte sie sich die Augen aus dem Kopf heulen, was ging sie mich an? »Guten Abend!« sagte ich, zog meinen Hut und ging weiter.

Plötzlich hörte ich hinter mir schnelle Schritte. Und

dann ihre Stimme: »Nein! Bitte! Mein Herr! Mein Herr! Warten Sie doch!« Sie war es, die mir nachgelaufen kam. »Sie sind doch sicher sehr klug«, sagte sie, »auch alt genug, mir einen Rat zu geben.«

»Der gute Rat hängt nicht vom Alter ab«, antwortete ich.

Ganz dumm, so zu antworten. Noch dazu auf der Straße und einer, die mich überhaupt nicht interessierte.

»Ich bin so unglücklich!« sagte sie und legte ihre schmale Hand auf den dicken Flausch meines Mantels. »Wenn Sie wüßten, wie unglücklich ich bin!« Und ohne meine Frage abzuwarten, fuhr sie fort: »Wissen Sie keinen Rat, wie ich Erich wiederfinde?«

»Wo haben Sie ihn verloren?«

»Auf einem Maskenball. Gleich hier um die Ecke. Wir hatten ausgemacht, wir treffen uns dort. Und dann haben wir noch etwas ausgemacht, und das war ganz dumm. Jeder hat ein Kostüm an und eine Maske auf, und der andere weiß nicht, was für ein Kostüm. Ich habe mir dieses Kleid hier genäht und –«, sie nestelte ein billiges, himmelblaues Visier aus Kunstseide aus ihrem Beutel, »– diese Maske hatte ich auf. Erich hat gesagt, er erkennt mich sofort unter jeder Maske, und ich habe auch gesagt, daß ich ihn sofort finden werde. Wir wollen später heiraten, wir gehen schon lange miteinander, und wenn ein Mädchen mit einem geht, dann erkennt sie ihn sofort unter Tausenden, das ist doch so?«

Mich begann zu frieren. Der Anblick ihres dünnen Mäntelchens wärmte mich auch nicht auf. »Und Sie haben ihn nicht gefunden?« fragte ich.

»Nein. Ich habe eine Stunde gewartet. Vielleicht ist er gar nicht gekommen, sonst hätte ich ihn bestimmt erkannt. Schon an seiner Art zu gehen oder wie er die Arme hält, auch an seinen Händen hätte ich ihn erkannt. Und dann hält er immer den Kopf ein wenig schief, nach links, er ist

Zimmermann. Wissen Sie, wenn sie die schweren Balken auf der Schulter tragen, dann müssen sie den Kopf immer zur Seite nehmen, und das bleibt dann, auch im Leben.«

»Er wird Sie suchen, und wenn er Sie nicht findet – auf einem Maskenball tröstet man sich leicht.«

»Das tut er nicht, bestimmt nicht!« sagte sie schnell. »Oder glauben Sie? Die Männer sind ja alle so schlecht, Sie sicher auch.«

Ich lachte amüsiert: »Warum sollte ich wohl eine Ausnahme machen?«

Sie blickte eine Weile vor sich hin und schien nachzudenken. »Ich gehe zurück«, sagte sie dann.

»Es wird das Beste sein.«

»Sicher das Beste. Nur – ich kann nicht. Ich habe meine Eintrittskarte verloren. Wie komme ich hinein? Ich habe kein Geld bei mir. Deswegen konnte ich mich schon vorhin an keinen Tisch setzen ... Immer nur herumstehen, als ob man darauf wartet, eingeladen zu werden – es gibt viele solche Mädchen, glauben Sie mir. Ich möchte nicht so angesehen werden, und auch immer dieses dumme Ansprechen, die Männer sind ja so frech – deswegen bin ich weggegangen ...«

Ich dachte nach, was ich ihr wohl für einen Rat geben könnte. »Wohnen Sie weit von hier?«

»Mit der Straßenbahn eine halbe Stunde.«

»Ich werde einen Wagen nehmen und Sie heimbringen«, sagte ich.

»In einer Taxe?«

»Ja.«

»Ausgeschlossen. Das tue ich nicht. Sie erwarten dann sicher von mir –«

»Gar nichts erwarte ich, Sie dumme Pute! Fahren Sie allein nach Hause. Hier ist das Geld.«

Ich zog einen zerknüllten Zehnmarkschein aus der Tasche und versuchte, ihn ihr in die Hand zu drücken. Die

Sache begann mich zu langweilen. Sie nahm den Schein nicht. Sie legte ihre Hände auf den Rücken, so daß ich ihr das Geld nicht geben konnte.

»Wenn ich Ihnen schon zehn Mark wert bin –«

»Dann?«

»Gehen Sie mit mir hin. Es ist gleich um die Ecke. Hotel Stein.«

Das lag weit von dem, was ich wollte.

»Ich bin überhaupt nicht dafür angezogen«, sagte ich und öffnete meinen Mantel, um ihr zu zeigen, daß ich darunter nur eine Cordhose und einen schwarzen Rollpullover trug, so wie ich den Tag über am Schreibtisch gesessen, ehe ich ins Kaffeehaus gegangen war.

»Sie sehen wunderbar aus – dort ist es auch nicht so fein. Wenn Sie mit mir hingehen wollten – Sie können ja so tun, als wäre ich Ihre Tochter –, setzen Sie mich einfach an einen Tisch und bestellen Sie eine Tasse Kaffee – nur, daß ich einen Platz habe, wo mich Erich findet ...«

Ich sah auf die Uhr. Es war eine halbe Stunde vor zwölf. »Nun gut«, sagte ich, »in einer halben Stunde ist Demaskierung, dann werden Sie Ihren Erich wiederhaben, ich bleibe bis dahin bei Ihnen.«

»Danke«, sagte sie.

Sie ging voraus, nicht neben mir. Vielleicht, um sich nicht der Gefahr eines Gespräches auszusetzen, der Gefahr, daß ich meinen Entschluß bereute und noch vor der Tür umkehrte.

Das Hotel Stein lag in einer Nebenstraße. Ich aß gelegentlich dort zu Mittag. Es war ein bürgerliches Hotel mit einem Stammabonnement für Mittagessen, mittlere Beamte und Angestellte der Ämter ringsum sah man meist hier. Heute war der Speisesaal, der eine kleine Bühne für Vereinsaufführungen und eine Estrade ringsherum hatte, Schauplatz eines bunten Faschingstreibens. Die Kostüme der Mädchen waren bescheiden, ausgeliehen oder selbstgenäht, und die jungen Männer, die meist in größerer Gesellschaft hergekommen waren, selten einzeln – denn sie saßen zusammen an langen Tischen und schienen einander zu kennen –, waren lustig und guter Dinge. Einer trieb es besonders bunt. Er war als Briefträger kostümiert, trug eine echte Postmütze, wer weiß, wo er sie herhatte, und eine große Posttasche, die bis zum Rand mit Konfetti und Wurfschlangen gefüllt war. Auch hatte er selbstgeschriebene Liebesbriefchen darin, die er an die Schönen im Saal verteilte. Andere wieder trugen das Sommerkleid ihrer Schwestern und eine gelbe Perücke über den Ohren. Falsche Schutzleute sind an der Tagesordnung, mit großen Notizbüchern und gewaltigen Bleistiften erteilen sie Verwarnungen, die man an Ort und Stelle mit einem Kuß bezahlen kann ... Nein, sie kommen nicht hierher, um den Mädchen einen großen Herrn vorzugaukeln, zu einem richtigen Kostüm reicht es meist nicht, da muß die Phantasie herhalten und was sich daheim vorfindet. Alkohol wird wenig genossen, ich sehe auf den Tischen nur Bier stehen und Limonaden, hie und da ein Glas Vermouth für die Damen oder ein Schoppenglas mit rotem Schankwein.

Der Kellner, der mich kennt, macht für mich oben auf der Estrade eine für diesen Tag improvisierte Loge frei. Der Tisch steht genau in Kopfhöhe der Vorübertanzenden, wir sind mitten unter ihnen, aber die meisten Logenbesucher sitzen nicht vorn, sondern haben sich in den von einer rotverhüllten Glühbirne schummrig beleuchteten Hintergrund dieser papierblumenbekränzten Loge zurückgezogen, wir sitzen allein ganz vorn am Rand.

Ich bestelle beim Kellner eine Flasche Wein, nein, noch besser, ich nehme die Bestellung zurück und lasse uns eine Flasche Sekt, Hausmarke, bringen. Sie ist nicht viel teurer als der Wein, und vielleicht mache ich dem jungen Mädchen eine Freude damit. Wenn ich schon mitgegangen bin, so will ich auch besonders nett zu ihr sein und sie behandeln, als ob sie die Dame meines Herzens wäre, die ich heute ausführe. Früher liebte ich dieses Ausgehen mit jungen Damen, sie zu verwöhnen und sie, wie ich hoffte, zu beglücken, aber das ist jetzt schon ein Jahrzehnt her. Auch allein ging ich gern auf ein Tanzvergnügen, holte mir die Schönste von jedem Tisch zum Tanz, und wenn ich Glück hatte, kam sie für den Rest des Abends an meinen. Aber wenn man älter wird und die jungen Mädchen sich immer langsamer vom Stuhl erheben, wenn ich vor ihnen stehe und sie zum Tanz auffordere, erst den Blick auf mich, dann den Blick auf die Freundin am Tisch, ein ganz leichtes, kaum sichtbares Zucken der Schultern und beim Aufstehen noch schnell einen Blick in den Saal, ob kein anderer vielleicht gerade auf sie zusteuere, ein jüngerer – dann sollte man sich geschlagen geben und die Kanonen einpakken. Gott ist mit den starken Bataillonen und mit den jungen Liebhabern.

Heute aber saß ich mit einem jungen Mädchen hier, einem hübschen sogar, wie ich immer beglückter feststellte. Dabei saß ich im falschen Glanz, im ausgeborgten Glanz, ich war nicht gemeint, ich mußte an ihrer Seite nur die Stunde bis zur Demaskierung überbrücken. Aber immerhin – ich weiß nicht, warum – schmeichelte es mir trotzdem, sie an meinem Tisch sitzen zu sehen.

»Auf Erich!« sagte ich, als ich mein Glas erhob.

Sie deutete auf das ihre. »Für mich?« fragte sie.

»Natürlich für dich. Oder glaubst du, ich will die ganze Flasche allein austrinken!«

»Dann würden Sie bestimmt beschwipst!«

»Und du trägst die Verantwortung?«

»Lieber nicht!« sagte sie, hob ihr Glas und trank es in einem Zug leer.

Ich hatte Mühe, es ihr nachzutun. »Wie heißt du eigentlich?« fragte ich.

»Huberta. Und du?«

»Walter.«

»Wie noch?«

Ich wich aus. »Ein ganz belangloser Name. Du merkst ihn dir ja doch nicht.«

»Haben Sie Angst, daß ich Ihnen schreibe? Oder Sie besuche?«

»Das ist ein Argument«, sagte ich, »Mißtrauen ist immer ein Argument.« Ich schrieb ihr meinen Namen und meine Adresse auf einen Zettel. »Da, trag's nach Hause«, sagte ich, »und wenn du mich wieder einmal brauchst –«

Sie schob den weißen Zettel in ihren Perlenbeutel. Sie sah mich dabei nicht an, sondern blickte mit mir zugewandtem Rücken in den Saal. Plötzlich drehte sie sich zu mir herum und fragte: »Warum tust du das alles für mich?«

»Warum tue ich es wirklich?«

»Findest du mich schön? Erich sagt, ich wäre das schönste Mädchen im ganzen Land.«

»Für ihn bist du es sicher auch.«

»Er lügt. Ich habe doch einen Spiegel daheim.«

Ich schenkte unsere beiden Gläser ein und schob das ihre zu ihr hinüber. »Darf ich einmal dein Spiegel sein?« fragte ich. »Du hast große blaue Augen, ein ebenmäßiges Gesicht, einen zartgeschwungenen Mund, eine bezaubernde Stimme, die schönsten Zähne, die ich je bei einem Mädchen sah –«

»Ich habe Sommersprossen!«

»Wer rotes Haar hat und eine so schöne Haut wie du, hat immer Sommersprossen. Sei stolz auf sie, sie passen zu dir. Darf ich sie einmal zählen?«

»Warum sagen Sie nicht etwas Vernünftiges? Etwas, womit ich etwas anfangen kann?«

In diesem Augenblick kam die Blumenfrau. Ich weiß nicht, wie sie hier hereingeschneit kam, ich kannte sie aus der Maximbar, hier wird sie keine Geschäfte machen.

Noch dazu mit diesen langstieligen, taufrischen roten Rosen, die ein Vermögen kosten mußten.

»Blumen für die Dame?«

Ihr Spruch, hundertmal am Abend, von Tisch zu Tisch, von Lokal zu Lokal hergesagt.

»Blumen für das schöne Fräulein?«

»Natürlich«, sagte ich, »warten Sie!« Und zu Huberta gewendet: »Wie alt bist du?«

»Achtzehn.«

Ich nahm achtzehn Rosen aus dem Korb, ich nahm jede einzeln und zählte sie vor Huberta hin. Das junge Mädchen wurde völlig verwirrt, dann griff sie nach dem vollen Glas und trank es aus. Als die Blumenfrau gegangen war, hob Huberta ihr Gesicht mir entgegen und sagte: »Ich habe noch nie im Leben Blumen bekommen.«

»Du erinnerst dich nur nicht. Wenigstens von deiner Mutter, wenn du Geburtstag hattest?«

Sie schüttelte den Kopf: »Wir sind daheim acht Geschwister.«

Die Blumenfrau kam mit der Vase zurück. Sie wollte die Rosen hineingeben. Huberta wehrte ihr. »Nein! Nein!« rief sie, wahrhaft aufgeregt. »Ich will sie nicht in der Vase haben!« Und zu mir: »Ich will sie so halten, in meinen Händen. Wenn sie in der Vase stehen, gehören sie nicht mir ...«

Sonderbar, vor einer Stunde kannte ich Huberta noch nicht, und jetzt war mir, als hätte ich mein ganzes Leben lang auf sie gewartet. Jeder Mann hat irgendein Traumbild in der Liebe. Ich weiß in dieser Minute nicht mehr, wie das meine bisher ausgesehen hatte, ich glaube, es war das Ebenbild von diesem Mädchen, das jetzt neben mir sitzt.

Sie gab mir plötzlich einen Kuß. »Für die Blumen!« sagt sie.

Ich kann nicht umhin, ich sage: »Das ist ein Almosen.«

»Almosen?« wiederholt sie.

»Den Reichtum bekommt Erich.«

»Ach, Erich –«, sagt sie, und ich weiß nicht, was ich mit diesem Seufzer anfangen soll, »mir wäre lieber, er käme nicht und der Abend nähme kein Ende.«

Was soll man darauf erwidern? Vor zwanzig Jahren noch, auch noch vor zehn, da hätte ich gewußt, was man tut. Heute habe ich Angst vor dem Mißverständnis. Vielleicht hat sie es nur so dahingesagt, ohne sich dabei etwas zu denken. Aber etwas muß ich doch tun, wenn Gott mir schon ein Zipfelchen Glück schenkt. Ich möchte später nicht vor ihm stehen, und er sagt zu mir: »Du Dummhut!« Ich nehme also wie in zerstreuten Gedanken ihre Hand und küsse sie. Sie läßt sie mir. Sie läßt sie mir immer noch. Jetzt bekomme ich ausgewachsenes Exemplar von einem Mann wahrhaft Herzklopfen. Wie damals in der Tanzstunde ist es.

Ich rede ganz dumme Sachen daher. »Ich bin glücklich, Huberta«, sage ich, »es ist wie ein Märchen –«

»Für mich auch. Du bist der Prinz.«

»Du die Prinzessin.«

»Nein. Ich bin das Aschenbrödel.«

»Da kam der Prinz und war von ihrer Schönheit hingerissen.«

»Erzähl weiter!«

»Er legte seinen Arm um sie.«

»Tu es!«

»Und küßte sie.«

Wieso hatten wir eigentlich nicht bemerkt, daß die Kapelle mitten in einem Tanzschlager die Melodie unterbrochen und mit einem eingeblendeten Tusch das Signal zur Demaskierung gegeben hatte? Als wir aufsahen, war der Saal hell, und die Ballbesucher promenierten in einer Polonaise an uns vorbei, angeführt von dem falschen

Briefträger mit seiner großen Tasche und seinen Liebesbriefen, der immer neue Figuren der lustigen Polonaise ersann, seine Faschingsschar über zwei ungedeckte Tische auf der kleinen Vereinsbühne hinauf- und hinuntersteigen ließ, zum Schluß unter diesem Tisch hindurchführte, ein Zentrum überquellenden Lachens. Die Masken und Visiere waren von den Gesichtern verschwunden, die Menschen waren schöner geworden durch das verliebte Glück des Abends und die Fröhlichkeit des Tanzes. Oder erschien es nur mir so, weil mein eigenes Glück einen schönen Rahmen brauchte?

»Jetzt mußt du Ausschau halten, Huberta«, sagte ich, »der Mann, den du verloren hast, wird dich jetzt wiederfinden. Zumindest wird er eifrig nach dir suchen.«

»Denk nicht daran, Walter.«

»Ich muß daran denken. Ich bin für dich verantwortlich. Jetzt mehr als vorher. Wir dürfen der Entscheidung nicht ausweichen. Komm, setzen wir uns wieder nach vorn zurück.«

Huberta stand auf, und ich führte sie nach vorn zu den Stühlen. »Wir könnten auch heimgehen«, sagte ich, »weg von hier . . . in eine Bar oder wohin du magst.«

»Ich will nichts mehr trinken.«

»Ein wenig beschwipst?«

»Nein. Nur glücklich. Ich will über mein Glück nachdenken können. Es kommt mir so unwahrscheinlich vor, du, unser Abend, die Blumen, alles.« Sie ging nach vorn, blieb hinter dem Tisch stehen und nahm ihre Rosen in den Arm. »Wohin gehen wir?« fragte sie.

Sie war jetzt völlig verändert. Eine ganz andere Frau als jenes Mädchen, das ich vor einer halben Stunde kennengelernt hatte, als ich aus dem Kaffeehaus kam, um heimzugehen.

»Ich weiß ein kleines Lokal, über und über mit lebenden Blumen dekoriert. Jetzt blühen dort Hyazinthen, Tulpen,

Flieder und Osterglocken. Es ist ohne Musik, nur Kerzen am Tisch. Ich glaube, nach dem lärmenden Trubel hier . . .«

»Ja. Gehen wir dorthin. Ich habe so viel nachzudenken über alles.«

In dieser Minute geschah es.

Über die Brüstung der Estrade schwang sich ein junger Mann, ungefähr zweiundzwanzig. Er trug ein dunkles Wollhemd über der Hose, und in seinem dichten blonden Haar lagen kleine Inseln von buntem Konfetti.

»Huberta«, rief er froh, »ich suche dich den ganzen Abend!«

Huberta ließ die Rosen sinken. Sie glitten zu Boden. »Erich!« rief sie. Und noch einmal: »Erich!« Sie lief selig auf ihn zu und legte ihre Arme glücklich um seinen Hals. »Erich! Wo warst du? So sprich doch!«

Alles Verzauberte fiel wieder von ihr ab. Hatte ich es nur in sie hineingedichtet? Sie war wieder das Mädchen ohne Bedeutung, das ich weinend auf der Straße gefunden hatte.

»Komm! Meine Freunde warten auf dich!« sagte der junge Mann. Er hob sie auf seine Arme, schwang sich mit ihr auf den Rand der Estrade, und sie sprangen hinunter, direkt in den Reigen der Tanzenden. Nicht einmal sah Huberta zurück, nicht einmal. Während ich zahlte und der Kellner die geringfügige Zeche, eine Flasche Sekt, Hausmarke, auf seinem Block notierte, die Getränkesteuer und sein Trinkgeld dazurechnete, war Huberta meinem Blick entschwunden. Ich ging langsam nach Hause, eine Stunde später, als ich eigentlich vorgehabt hatte.

# Das Spielzeug

Ich heiße Heinz Leptin. Über mich ist nicht viel zu berichten, und ich kenne auch keinen, der stolz auf meine Freundschaft ist. Nicht, daß man sich meiner schämt, wenn ich mit jemand an einem Tisch sitze, so ist es nicht, aber ich weiß auch keinen, der sich rühmt, mich zu kennen. Ich habe schon verschiedene Berufe im Leben hinter mir. Ich begann als Schauspieler, Rezitator, Sänger, wurde Manager und Filmagent, einmal besaß ich auch kurze Zeit ein kleines Kino, leitete ein Pressebüro, vermittelte Drehbücher, veranstaltete Modeschauen, hatte eine Mannequinschule – alles Berufe am Rande des bürgerlichen Daseins. Sie nährten ihren Mann, einmal besser, einmal schlechter, für einen sportlichen Wagen hat es stets gereicht, für eine Wohnung mit eigenen Möbeln nie. Aber wer braucht ein eigenes Bett, wenn er nach Zigeunerart heute hier und morgen dort sein Zelt aufschlägt und sozusagen aus dem Wagen in den Tag lebt?

In den letzten Jahren bin ich ein wenig seßhafter geworden. Ich bekam einen Job in Kopenhagen, im »Tivoli« genauer gesagt. Man hatte mir die Leitung eines Kabaretts übertragen, des elegantesten in diesem Vergnügungspark, das durch seine von mir engagierten Kapellen berühmt wurde. Nun dürfen Sie sich unter einem Kabarett nicht das vorstellen, was man landesüblich unter einem Kabarett versteht. Bei mir traten keine Künstler auf, weder Tänzer noch Akrobaten, auch keine Schaunummern und leichtgeschürzte Mädchen, wir hatten nicht einmal Tischdamen und weibliche Tanztaxis. Bei uns verkehrte ein ausgesprochen gutes Bürgerpublikum, junge Mädchen fanden allein keinen Einlaß, ich stand Abend für Abend selbst in der Tür und verteilte die Tische.

Ich hatte mir für dieses Kabarett einen besonderen Einfall ausgedacht, den es noch nirgendwo in Europa gab und der auch bis heute noch von keinem anderen Haus nachgeahmt wurde. Ich war das ganze Programm in eigener Person. Ich begrüßte nach Beginn die Gäste vom Tanzpodium aus, das in der Mitte des Raumes gelegen war, es fiel mir als geborenem Wiener und als früherem Schauspieler nicht schwer, eine Stimmung hervorzuzaubern, daß sich alle Gäste rasch bei uns wohlfühlten. Ich erzählte ihnen Anekdoten, glossierte das Fernsehen, hie und da sang ich auch im Lauf des Abends ein Lied, während die Paare tanzten, oder ein Chanson, wenn die Kapelle Pause machte. Der Mittelpunkt des Abends aber und zugestandenermaßen, weshalb unsere Gäste im regelmäßigen Turnus wiederkamen, lag in meinen Spielzeugtischen. Ich fuhr mit kleinen Wagen von Tisch zu Tisch, auf denen die herrlichsten Spielzeuge aufgebaut waren. Mechanische Affen, Spielautos, die nicht über den Rand des Tisches rollten und selbständig umkehrten, wenn der Tisch zu Ende war – Geduldspiele, Vexierkästen zum Auseinandernehmen und Zusammensetzen, künstliche Blumen, die als Knollen auf den Tisch kamen und in der Wärme der Hand aufwuchsen und aufblühten, eine Katze, die einer Maus nachjagte und sie nie erreichte, Lokomotiven, so winzig wie ein Fingerhut, die richtigen Dampf abließen und ihre Räder bewegten, Tanzgruppen, die sich im Menuett voreinander verneigten und sich dann im Walzer vereinten – ach, die Erfindungen dieser Industrie sind hundertfältig, und vor Eröffnung des »Tivolis« am ersten Mai jedes Jahres fuhr ich nach London, Paris und Wien, Berlin nicht zu vergessen, und kaufte die neuesten Spielzeuge ein, ein Posten, der gewaltig ins Geld lief, aber den Ruf unseres Hauses von Jahr zu Jahr wachsen ließ. Die unbeschwerte Heiterkeit der

Gäste mit ihren Spielzeugen, die ich im Lauf des Abends in kurzen Abständen wechselte, machte unser Kabarett zu einer Sehenswürdigkeit des »Tivolis«. Und noch heute führt dieses Kabarett die von mir geschaffene Einrichtung weiter, auch wenn ich selbst nicht mehr in Kopenhagen bin. Sie können sich selbst überzeugen, wenn Sie heute das »Tivoli« in Kopenhagen besuchen.

Damals fuhr ich also noch mit meinen Spielzeugwägelchen von Tisch zu Tisch, ließ meine Gäste wählen und kam in gewissen Abständen zurück, die Spielsachen umzutauschen, denn der Spieltrieb eines Menschen währt selten länger als eine kurze Spanne Zeit, dann begehrt er die Beschäftigung mit einer neuen Sache.

Eines Tages nun, es war an einem Montag, auf den dieses Jahr der erste Mai fiel, das »Tivoli« hatte zu Mittag seine Pforten geöffnet, und ganz Kopenhagen nahm an diesem Fest teil – wer Kopenhagen kennt, weiß, welche Bedeutung diese Stadt der Eröffnung ihres mitten im Zentrum gelegenen Vergnügungsparkes beimißt –, war unser Kabarett schon seit Wochen ausverkauft. Jeder Tisch stand auf einer Namensliste, die großen Hotels hatten sich ebenfalls für ihre Gäste Tische reservieren lassen, einer Tradition folgend, ich stand in der Tür, die Liste der Platzreservierung in der Hand, als mir plötzlich ein Mann gegenüberstand, der schon durch seine äußere Erscheinung die Zugehörigkeit zu einer internationalen Gesellschaftsschicht verriet. Er gehörte zu jener Sorte von Gästen, denen man in jedem Lokal einen guten Tisch gibt.

In seiner Begleitung befand sich eine junge Dame, nicht älter als einundzwanzig, höchstens zweiundzwanzig. Ich war von ihrer Anmut und eindringlichen Schönheit überrascht. Sie werden verstehen, daß mir in meinem Beruf und auch bei meiner früheren Tätigkeit viele Frauen begegnet sind, deren Schönheit ein gewaltiges Kapital war und von dessen Zinsen ich vor allem in meinen jungen Jahren oft einen ansehnlichen Anteil abbekam. Ich glaubte mich also heute gegen diese Dinge gefeit, was mich aber nicht hinderte, dem Mädchen die Spanne eines Augenblikkes lang verwirrt ins Gesicht zu starren, beugte mich dann schnell über meine Liste und fragte ihren Begleiter: »Sie haben einen Tisch reservieren lassen?«

»Ja. Vom Hotel ›Kong Frederik‹.«

»Wir haben von diesem Hotel drei Vorbestellungen.«

»Für zwei Personen. Für Konsul Bernhard.«

Ich suchte in der Liste und fand, daß für ihn und seine Begleiterin ein Zweipersonentisch neben einer Säule, beinahe dahinter, reserviert war, und wußte im gleichen Augenblick, daß dies ein ungeeigneter Platz für diese Gäste war. Ich tauschte also diesen Tisch schnell gegen meinen schönsten vorn neben der Tanzfläche um und begleitete die beiden selbst zu ihrem Platz, um die fremden Namenskarten unbemerkt verschwinden zu lassen. Das Ganze währte nicht länger als zwei Minuten. Als ich zur Tür zurückkam, drängten sich am Eingang die Gäste, ich hatte vollauf zu tun, sie zu begrüßen und denen, die an diesem Abend keinen guten Platz gefunden hatten, die frohe Laune zu erhalten. Ich hatte also meine beiden Nobelgäste aus dem Hotel »Kong Frederik« schon völlig vergessen; erst dann, als ich den Abend mit einer kurzen Ansprache eröffnete und mich mit meinen Spielzeugtischen auf den Weg machte, überraschte mich von neuem die Schönheit und Anmut des Mädchens, wie sie ohne lange zu suchen nach der kleinen goldenen Lokomotive griff und begeistert ausrief: »Chéri, quel joli joujou!«

Ihr Begleiter, durch diesen Ausbruch fast ein wenig geniert, sagte zu mir: »Sie ist wie ein Kind – sie freut sich.«

Er wählte für sich ein Zusammensteckspiel, in Form eines roten Hühnereies, das sich bei einigem Geschick in eine Schildkröte verwandeln ließ. Es war ein kleiner Trick dabei, aber er würde ihn sicher bald herausgefunden haben. Als ich im Lauf des Abends noch öfter zu ihrem Tisch trat und meine Spielsachen zur neuen Wahl ausbreitete, schüttelte die junge Dame jedesmal den Kopf und gab die kleine vergoldete Lokomotive nicht aus der Hand.

»Madame hat sich in sie verliebt«, sagte ihr Begleiter, »sie möchte sie gern als Andenken an diesen Abend. Kann man diese Spielzeuge bei Ihnen käuflich erwerben?«

Ich verbeugte mich, nicht ohne meine wiederkehrende Verwirrung zu bemerken, und sagte lächelnd: »Die kleine Lokomotive gehört Ihnen. Sie bedankt sich, Ihre Gunst gefunden zu haben und daß sie bei Ihnen bleiben darf.«

Das junge Mädchen hob zwei Finger an ihre Lippen und warf mir über den Tisch eine winzige Luftkußhand zu. »Je vous adore«, sagte sie.

Meine beiden Gäste gingen früh. Ich hatte ihr Weggehen nicht bemerkt und habe sie auch nie wiedergesehen. Das war vor zwei Jahren, nein, daß ich mich berichtige: vor drei Jahren. Später fand ich durch einen Zufall in meiner Schweizer Zeitung eine Todesnachricht: »Ein verdienstvoller Bürger unserer Stadt ist durch tragische Umstände von uns gegangen.«

Kein Name, kein Text darunter. Das dort veröffentlichte Bild des Verstorbenen erinnerte mich lebhaft an meinen Gast in Kopenhagen. Es war kein Zweifel, er war es. Ich mußte an das junge Mädchen denken, das damals in seiner Begleitung gewesen war. Was war aus ihr geworden? Aber meine Tage in Genf waren zu Ende. Ich hatte einen dringenden Grund, diese Stadt so rasch als möglich zu verlassen. Ich kaufte mir am Bahnhof eine Zeitung. Ich kam nicht zum Lesen, erst kurz vor Paris, als der Expreß in den Gare de l'Est einlief, fiel mein Blick auf die ungelesene Zeitung. Ich fand eine dickgedruckte Schlagzeile. Man hatte in einem Waldstück bei Coppet am Genfer See die entsetzlich zugerichtete Leiche einer weiblichen Person jugendlichen Alters gefunden, deren Kopf mit Hammerschlägen zertrümmert und völlig unkenntlich gemacht worden war. Sie mußte zwei Wochen in diesem wenig begangenen Waldstück gelegen haben. Die Polizei fand keinen Anhaltspunkt über die Person des Opfers. So weit war ich in meiner Lektüre gekommen, als der Zug hielt. Ich warf die Zeitung in meinen Koffer, um sie daheim zu Ende zu lesen. Aber ich kam nicht dazu, ich kam nie dazu.

Drei Monate waren seit meinem Genfer Aufenthalt, der sich ein Jahr ausgedehnt hatte, vergangen, da erreichte mich ein Brief, der mir durch ganz Europa nachgereist war. Die Kopenhagener Kriminalpolizei bat mich, ihr zu einer Auskunft zur Verfügung zu stehen oder einen Ort zu bestimmen, wo ich mich gegenwärtig aufhalte. Es handele sich um eine Auskunft in einem Mordfall, zu dessen Aufklärung ich vielleicht beitragen könnte. Ich depeschierte, daß ich gegenwärtig an einem Film in Wien arbeite und jederzeit zur Verfügung stehe.

Eines Morgens gegen acht klopfte es an meine Tür, und zwei Kriminalbeamte traten ein. Ihr Äußeres verriet nichts von ihrem Beruf, sie gaben sich überaus weltmännisch, der Kopenhagener Beamte stellte mir seinen Schweizer Kollegen vor. Ich bat sie, Platz zu nehmen, entschuldigte mich für das Frühstücksgeschirr, das noch herumstand. Auch hatte der Kellner vergessen, die Gläser vom gestrigen Abend abzuräumen, er wollte sie wohl später mit dem Frühstücksgeschirr hinaustragen.

Einer der Herren kam sofort zum Thema, zog einen in ein weißes Tuch gehüllten winzigen Gegenstand hervor und stellte ihn vor mir auf den Tisch. »Es besteht die Möglichkeit, Sie erkennen es wieder«, sagte er.

Überrascht rief ich: »Natürlich. Ich kenne sie genau. Diese kleinen vergoldeten Lokomotiven wurden vor drei Jahren für mich angefertigt. Ich bekam sie aus Nürnberg. Zehn Stück. Ein kleiner Fabrikant, ein Einmannbetrieb, stellte sie nach meinen Angaben nur für mich her.«

»Wir wissen es.«

»Woher?« fragte ich erstaunt.

»Ihr Fabrikant hat es uns gesagt. Wir haben Recherchen in den durch ihre Spielzeugindustrie bekanntesten Städten veranlaßt, darunter auch in Nürnberg. Nach langen Nachforschungen fanden wir diesen Mann. Wir waren an der richtigen Adresse. Auf Befragen erklärte er, daß er der Hersteller dieser Miniaturlokomotive sei, von denen er zehn Stück exklusiv an ein Kabarett in Kopenhagen geliefert habe. Es war für uns dann nicht schwer, das Kabarett zu finden, und so kamen wir auf Ihren Namen.«

»Wie kommt dieses Stück in Ihren Besitz?«

»Davon später«, sagte der Beamte. »Würden Sie uns bitte zuvor ein paar Fragen beantworten?«

»Selbstverständlich.«

»Wir kennen die Art Ihres Kabaretts. Wurden im Lauf der Zeit öfter Spielzeuge von Ihren Gästen mitgenommen?«

»Sie meinen gestohlen?«

»Sagen wir: als Souvenirs?«

»Nein. Nicht ein einziges Mal.«

»Konnte man diese Spielzeuge bei Ihnen käuflich erwerben?«

»Nein. Das verstieß gegen das Prinzip des Hauses.«

»Haben Sie sie gelegentlich an gute Stammgäste verschenkt?«

»Nein. Wir waren der Meinung, daß unsere Gäste, wenn sie mit diesen Spielzeugen spielen wollten, unser Haus besuchen sollten.«

Die beiden Beamten blickten in ihre Aufzeichnungen. »Ihre Antworten stimmen mit unseren Nachforschungen in Kopenhagen überein. Zehn Stück wurden geliefert. Neun sind heute noch vorhanden. Das zehnte steht hier vor Ihnen.«

Ich entsann mich nicht gleich jenes Vorfalles, der eine

Ausnahme bedeutet hatte, als ich am Eröffnungsabend vor drei Jahren einer jungen Dame eine dieser kleinen vergoldeten Lokomotiven, nicht viel größer als ein Fingerhut, als Geschenk überreicht hatte. Dann stand plötzlich alles wieder vor meinen Augen. Die Art, wie sie sich bedankt hatte, das Gesicht des Mannes in ihrer Begleitung, der gute zwei Jahrzehnte älter war und dessen Bild ich erst kürzlich in einer Schweizer Zeitung gesehen hatte.

»Sie können uns also keinen Anhaltspunkt geben, wie dieses Spielzeug, das hier vor uns steht, aus dem Haus gekommen ist?«

Ich erzählte den Vorfall, wie er sich abgespielt hatte. Einer der beiden Herren schrieb meine Aussagen mit. »Doch«, sagte ich, »ich erinnere mich.«

»Am ersten Mai?«

»Ja.«

»Vor drei Jahren?«

»Ich erinnere mich genau.«

»Wer hat den Tisch bestellt?«

»Das Hotel ›Kong Frederik‹.«

»Auf welchen Namen?«

»Das ist mir entfallen.«

»Wie sahen die beiden aus?«

Ich beschrieb sie ihnen, so gut ich es vermochte.

»Hatten Sie die Empfindung einer intimen Verbindung?«

»In meiner Gegenwart nicht.«

»Haben sie zusammen getanzt?«

»Ich war sehr beschäftigt. Ich habe es nicht beobachtet. Warum fragen Sie mich das alles?«

Der Zweite deutete auf die kleine Lokomotive. »Jemand hat dieses Spielzeug hier verloren. Wir sind interessiert daran, den Namen dieser Person ausfindig zu machen.«

»Und wo – wenn mir diese Frage gestattet ist – wurde diese Lokomotive verloren?«

»In der Schweiz. Unweit von Genf. Unsere Beamten fanden sie.« Der Kommissar griff in seine Tasche und legte einen Stoß Zeitungen auf den Tisch. »Ich weiß nicht, ob Sie von dieser Sache gelesen haben«, sagte er. »Vor Monaten fand man bei uns die Leiche eines unbekannten Mädchens. Ihr Gesicht war durch Hammerschläge völlig unkenntlich gemacht. Ausweispapiere und Kleider waren nicht vorhanden, auch keine Schuhe, der Mörder hatte sie offenbar, um vor allen Nachforschungen sicher zu sein, mit sich genommen. Die Polizei stand vor einem Rätsel. An der Fundstelle in dem unwegsamen Waldstück fand sich nicht die geringste Spur, die uns in Bezug auf die Person des Opfers hätte einen Hinweis geben können. Es schien einer jener perfekten Morde, von denen man immer spricht. Unsere Beamten suchten vier Tage jeden Zentimeter im weiten Umkreis wie mit der Lupe ab. Nichts. Erst eine Woche später und weitab vom Tatort, dort, wo der Wald in eine Wiese übergeht und eine Landstraße vorüberführt, fanden wir im Straßengraben dieses kleine Spielzeug. Es besteht nun die Möglichkeit, der Verdacht liegt nahe, daß der Täter es beim Überklettern des Grabens aus den zusammengerafften Kleidern seines Opfers verloren hat, daß es ihm also unbemerkt aus der Tasche des Kleides gerutscht ist. Da es unser einziger Anhaltspunkt war, gaben wir diesem Fund großes Gewicht und begannen hier unsere Nachforschungen. Wir ermittelten, wo dieses Spielzeug hergestellt worden war, wem es vom Hersteller geliefert wurde, und stellten fest, daß von zehn Stück eines fehlte. Jetzt haben wir von Ihnen erfahren, in wessen Besitz es übergegangen ist. Wir hoffen nun, daß die Fremdenbücher des Hotels ›Kong Frederik‹ in Kopenhagen stimmen und wir somit wieder ein gutes Stück weiterkommen. Wenn wir erst den Namen des Opfers wissen, ist der Weg bis zum Namen des Täters nicht mehr allzu weit.«

Der Mord fand keine Sühne. Ich erfuhr aus den Zeitungen davon. Der Täter hatte sich unmittelbar nach der Tat selbst gerichtet. Es war eine jener Kurzschlußhandlungen, die sich immer wiederholen, wenn ein Mann in höheren Jahren sich in ein junges Mädchen verliebt und dann seiner berechtigten Eifersucht nicht Herr wird. Als jenes junge Mädchen sich eines Tages in einen Mann ihres Alters verliebte – was nie ausbleiben kann, denn die Natur läßt sich nirgendwo weniger vergewaltigen als in den Beziehungen der Geschlechter zueinander –, war Konsul Bernhard zu dieser entsetzlichen Tat geschritten und hatte hinterher seinem eigenen Leben ein Ende bereitet. Zeugen waren nicht vorhanden, aber die Umstände ergaben diesen Tatbestand. So las man es in den Zeitungen des Auslandes. Die Schweizer Presse berichtete nichts darüber.

Die Wirklichkeit war ganz anders. Man hatte übersehen, daß ich eine elfte kleine goldene Spielzeuglokomotive besaß, das sogenannte Musterstück, das auf keiner Rechnung stand. Als ich es vor einem Jahr in Genf einem jungen Mädchen schenkte, mit dem ich hinterher viel Schwierigkeiten bekam, aus denen ich keinen anderen Ausweg sah, als sie im Wald von Coppet umzubringen, habe ich das Spielzeug, die kleine Lokomotive, da sie keinem mehr nützte, auf dem Heimweg nach der Tat in den Straßengraben geworfen. Man sieht, es hätte leicht schief gehen können. Man kann in diesen Dingen nicht vorsichtig genug sein, sagte ich mir damals, als ich nicht ahnte, daß zwei Minuten später es an meine Tür klopfen und ich die beiden Beamten wiedersehen würde, die mich vor kurzem in Wien als Zeugen aufgesucht hatten. In ihrer Begleitung befand sich ein kleiner unscheinbarer Mann. Es war mein Spielzeugfabrikant aus Nürnberg, dem erst nachträglich die Herstellung des Musterstückes, der elften kleinen Spielzeuglokomotive, eingefallen war, die er mir persönlich übergeben hatte, und der seine Aussage bei der Polizei dahingehend berichtigt hatte.

Sie forderten mich auf, mein Hotelzimmer zu bezahlen, meine Sachen zu packen und mitzukommen. In dem Prozeß gegen den stellungslosen Schausteller Heinz Leptin, der vor drei Tagen begann, bekannte ich durch dieses Schriftstück meine Tat und erwarte eine gerechte Sühne.

# Ein verwahrlostes Mädchen

»Nein, Höhle achtzehn«, sagte der Manager zu dem bekannten Filmregisseur Anthony Macdonald, der gerade nach Beendigung seines neuen Films in Cinemascope, Breitwand und Technicolor angekommen war und ein paar Wochen auszuspannen gedachte. »Wir haben Ihnen Höhle achtzehn reserviert, zweihundert Meter steil über dem Meer, ohne Zufahrt, nur über die Klippen und einen schmalen Ziegenpfad zu erreichen, mit prähistorischen Mammutzeichnungen an der Wand, etwas Gebein aus der Vorzeit und einem Topf vorchristlicher Münzen, ein paar Abdrücken von Bärenklauen am Boden, einem Adlerhorst hundert Schritt über dem Eingang der Höhle . . . Ich hoffe, Sie werden mit Ihrem Quartier zufrieden sein, mein Herr. Wir können Ihnen aber auch, falls Ihnen diese Höhle aus der zweiten Stufe des sogenannten Rentierzeitalters nicht zusagen sollte, unsere Höhle siebenundzwanzig geben, die gerade frei geworden ist. Sie ist als Schmugglerversteck erhalten geblieben, wie sie war, mit Schmugglerwaren, Rumfässern, geteerten Tabakkisten, Stoffballen und einer dort versteckten schwarzen Piratenflagge, der Eingang nur über eine Strickleiter zu erreichen. Sie haben die Wahl zwischen diesen beiden romantischen Aufenthalten, mein Herr, der Preis ist der gleiche, vierzig Pfund in der Woche.«

Filmregisseur Anthony Macdonald, des geselligen Lebens überdrüssig, wohnte jetzt bereits neun Tage in der von dem Motelmanager gemieteten Höhle, zweihundert Meter steil über dem Meer. Er sah keinen Menschen, er las keine Zeitung, bärtig und ungekämmt lebte er das Leben eines Höhlenmenschen. Er hatte sich in der kurzen Zeit schon so mit den Nerven erholt, daß er morgens vor seiner Höhle stand und mit lauter Stimme durch seine trichterförmig gewölbten Hände vorchristliche Schreie ausstieß, vor allem dann, wenn das Meer vom Sturm gepeitscht war. Er überschrie das Donnern der Brandung und rief immer wieder: »Quousque tandem?« Er wußte zwar nicht mehr, was das genau bedeute, aber er hatte es einmal in der Schule gelernt, viele Jahre, bevor er seinen ersten Film drehte.

Wenn Filmregisseure zu Romantikern werden, so werden sie es gründlich. Sie inszenieren sich auch ohne Kamera ihre Einsamkeit und leben sich so in ihre Rolle hinein, daß, als eines Tages eine zottige Ziege vor dem Eingang der Höhle erschien, Macdonald einen entzückten Schrei ausstieß, auf die Ziege zulief, sie umarmte und halste und des ersten Eindrucks war, Zeus oder wenigstens Leda habe diese Verkleidung gewählt, um ihm einen Besuch abzustatten. Aber es war wirklich nur eine gewöhnliche Bergziege, über die Klippen zu ihm emporgestiegen. Durch den keineswegs olympischen Geruch der Ziege von ihrer Weltlichkeit überzeugt, wollte er sie gerade wieder davonjagen, zumal er noch einen zeitnahen Strick um den Hals der Ziege bemerkte, der abgerissen war – eine Erscheinung, die ihn an das Heute und an die Kurzlebigkeit der modernen Industrieerzeugnisse gemahnte und so gar nicht in sein romantisches, prähistorisches Höhlendasein paßte, denn ein Strick ist ein Strick, in der Filmindustrie ruft man jeden Tag nach ihm, um sich daran aufzuhängen. Kurz, Macdonald wollte den unliebsamen Besuch gerade wieder vertreiben, als in der Nähe eine Stimme erklang: »Verena! Verena, wo steckst du? – So melde dich doch! – Du bist recht unartig, Verena! Einfach davonzulaufen, und ich habe daheim den Verdruß!«

Die Bergziege trippelte auf ihren Füßen und sah sich

nach der Stimme um. Dann ließ sie ein anmutiges Meckern ertönen.

»Verena, ich höre dich! Wo bist du?«

»Hier!« sagte Macdonald, nahm die Ziege am kurzen Ende des abgerissenen Strickes und trat vor die Höhle. Ein Mädchen stand vor ihm. Schwer zu schätzen, wie alt sie war. Kein Kind mehr, aber auch kein Fräulein. Ein Fräulein beileibe nicht. Der Strick, von dem sich die Ziege losgerissen hatte, war noch das Ordentlichste an ihr. Die Füße steckten in zerrissenen Sandalen, die noch nicht einmal einem Paar angehörten, wahrscheinlich von einem Schutthaufen aufgelesen. Ihre rote Bluse, Ballonseide, wer weiß, woher sie stammte, bedeckte nur eine Schulter, sie hob ihre braungebrannten Arme hoch über den Kopf und warf gleichzeitig mit einer heftigen Bewegung das lange, offene Haar aus der Stirn.

»Wollen Sie Verena behalten?«

»Nein«, sagte Macdonald, »was soll ich mit ihr?«

»Ich hätte Sie Ihnen gelassen und morgen wieder abgeholt.«

»Gehört die Ziege dir?«

»Ich weiß es nicht.«

»Du weißt es nicht?«

»Kann sein, kann auch nicht sein. Wenn der, dem die Ziege gehört, vorher stirbt, ehe er merkt, daß ich sie habe, dann gehört sie mir.«

»Du hast sie gestohlen?«

»Hast du noch nie gestohlen?«

»Nein.«

»Warum versteckst du dich dann hier oben, wo dich keiner findet? Darf ich in deine Höhle hinein?«

Sie war an ihm vorbeigeschlüpft, ehe Macdonald etwas sagen konnte.

Er stand noch immer mit der Ziege am kurzen Strick, und die Luft schmeckte plötzlich nach Hagebutten und

Holunderstauden. Als er in die Höhle trat, hatte sich das verwahrloste Mädchen auf sein Lager geworfen, streckte sich und flocht sich seinen roten Schal ins Haar.

»Fein hast du es hier!« rief sie. »Richtige Wolldecken! Schenkst du mir eine – für einen Mantel im Winter?« Und ohne seine Frage abzuwarten: »Wie lange versteckst du dich hier schon?«

»Neun Tage.«

»Sucht dich die Polizei?«

»Vielleicht.«

»Was hast du gemacht? Gestohlen?«

»Viel schlimmer.«

Sie rückte zur Seite und sah ihn erregt an. »Komm! Leg dich zu mir und erzähl mir alles!«

Macdonald deutete zum Eingang. »Inzwischen läuft uns die Ziege davon.«

»Hast du sie nicht angebunden?«

»Natürlich nicht.«

Das Mädchen eilte erschrocken hinaus und kam nach wenigen Minuten mit der Ziege zurück. »Verena hat mehr Verstand als du! Sie hat auf mich gewartet. Wäre sie davongelaufen, hätte ich eine neue Ziege stehlen müssen, und wenn man mich dabei erwischt hätte, hättest du morgen umsonst auf mich gewartet.« Sie blieb plötzlich stehen, kauerte sich vor ihm nieder und fragte: »Oder hast du schon eine, die zu dir kommt? Wir im Dorf haben alle einen, der sich verstecken muß und dem wir das Essen bringen.«

Macdonald nahm die beiden Enden des zerrissenen Stricks und knüpfte einen Knoten. »Und wenn ich eine hätte?« sagte er.

»Ach, dann –« Sie begann, ihr Haar in Zöpfe zu flechten.

»Wie heißt du?« fragte Macdonald.

»Siebzehn.«

»Nicht, wie alt du bist, wie du heißt?«

»Esperanza. Und du? Du brauchst es mir nicht zu sagen, Männer, die sich verstecken, sagen ihren Namen nie. Carlos hieß der, dem ich zuletzt das Essen brachte. Aber er hieß anders, als ihn die Gendarmen fanden. Er hatte sein Mädchen umgebracht, ein Luder, acht Wochen hatte er sich in den Bergen versteckt. Er hat mir diesen Ring geschenkt. Da! Gefällt er dir? Ich schenke ihn dir, wenn du magst – behalt ihn zum Pfand, daß ich wiederkomme ... Was gibst du mir, damit ich weiß, daß du von keiner anderen das Essen nimmst? Deine Uhr? Du brauchst nicht zu wissen, wie spät es ist ... Du hast die Sonne; wenn sie untergeht, bin ich bei dir und bring' dir, was du brauchst.«

So ist es nun nicht in den Höhlen, die man für vierzig Pfund in der Woche mietet, daß man von der Welt völlig abgeschnitten ist. Macdonald sagte dem Jungen, der ihm jeden Morgen die Mahlzeiten für den Tag brachte, daß er sich ab sofort selbst verköstigen werde, keinen Botendienst mehr wünsche, er wolle das vollendete Leben eines Einsiedlers führen. Die Zigaretten, die er bei sich trage, könne er dalassen. Ja, auch die Streichhölzer.

»Du hast mir noch immer nichts von dir erzählt, Pepone«, sagte Esperanza eines Morgens.

»Pepone existiert nicht.«

»Doch. Du bist Pepone. Für mich bist du Pepone. Bist du ein Umstürzler? Sucht dich die Polizei deswegen?«

»Nein. Kein Umstürzler.«

»Ein abtrünniger Priester – ja, das bist du – du läßt dir einen Bart stehen, jetzt weiß ich es genau – du hast deinen Glauben verlassen?«

»Möchtest du, daß es so wäre?«

»Nein«, antwortete Esperanza langsam. »Am liebsten wäre mir, du hättest gestohlen oder ein Mädchen aus Eifersucht umgebracht, wie Carlos – würdest du ein Mädchen umbringen, wenn es dich betrügt?«

»Ich hatte bisher noch keine Gelegenheit dazu.«

»Du bist blind! Wenn ich so alt wäre wie du, hätte ich schon zehn Mädchen umgebracht, sie taugen alle nichts. Heute diesen, morgen jenen. Mein Gott, ich könnte dir Geschichten erzählen!«

»Erzähl mir eine von dir!«

»Willst du es wirklich?«

»Setz dich und erzähl!«

»Als ich fünfzehn Jahre alt war – aber du hörst mir ja gar nicht zu – Pepone! Bitte! – Nein, bitte – ich muß gehen, man sucht mich sonst im Dorf . . .«

Was soll man zu solchen Romanzen sagen, die einem vielbeschäftigten Filmregisseur in den kurzen Wochen zwischen zwei Cinemascopefilmen in Technicolor und Breitwand widerfahren? Sozusagen als nüchterne Erholung auf dem Lande, am Busen der Natur? Da kommt so ein verwahrlostes Mädchen mit einer Ziege daher, und alles ist schlimmer als im Atelier. Im Atelier weiß man doch wenigstens, daß alles nur fauler Zauber ist. Wenn man das Drehbuch nach den Aufnahmen zuklappt, dann ist das Leben wieder halbwegs normal, die Kantine, die Flasche Sekt, das Pokerspiel. Macdonald gab sich keine Rechenschaft, was er hier trieb, er spielte seine Rolle, als sei er nie etwas anderes gewesen als der Liebhaber eines Zigeunermädchens, der sich in den Höhlen verstecken muß, weil die Polizei ihn sucht. Jeden Abend in der Dämmerung, ehe die Sonne im Meer versank, kam Esperanza zu ihm. Ihre Haut war heiß vom schnellen Laufen über die Felsen zu ihm herauf, stets trug sie die gleiche rote Bluse, die nur eine Schulter bedeckte, die linke . . .

»Das mit Carlos ist nicht wahr, Pepone.«

»Du schwörst es?«

»Du bist der erste, dem ich das Essen bringe. Ich habe heute ein Huhn. Meine Mutter hat es gekocht.«

»Was sagt deine Mutter, wenn du jede Nacht –«

»Was soll sie sagen? Sie weiß, daß es nichts nützt. Solange du hier oben bist, werde ich bei dir sein ... Ich passe schon auf, daß mich keiner sieht, ich nehme jeden Tag einen anderen Weg ... Gestern stellten mich zwei Gendarmen und fragten, was ich im Korb habe ... Sie sind sehr hinter dir her, ich weiß jetzt auch, wer du bist ... Sie suchen einen Mann, der eine Brücke in die Luft gesprengt hat, er soll sich hier irgendwo versteckt halten ... Du mußt die Ziege nehmen und sie behalten. Tu einfach so, als wärst du ein Ziegenhirt, der über den Sommer mit seiner Ziege in den Bergen lebt, weil er daheim nichts hat, sie weiden zu lassen.«

Sie trug noch immer seine Uhr.

»Esperanza«, sagte Macdonald, »wenn du morgen hier heraufkommst, bin ich nicht mehr da ...«

»Du stellst dich der Polizei?«

»Ich weiß noch nicht, was ich tun werde«, sagte Macdonald, und seine Stimme war unsicher, zwischen zwei Wünschen hin- und hergerissen, »ich habe aber fest vor, alles in Ordnung zu bringen, was bei mir in Unordnung ist, und zu dir zurückzukommen. Es ist möglich, daß es eine lange Zeit dauert, denn bei mir ist vieles, was vorher ins Gleichgewicht gebracht werden muß.«

»Wie alt werde ich sein, bis du zurückkommst?«

»Kein Jahr älter, das verspreche ich dir.«

»Bleiben wir dann hier? Mutter hat ein Haus, kein großes ... Wenn du willst, kannst du unten in der Fabrik arbeiten, sie stellen immer Leute ein.«

Macdonald sah sie lange an. »Wenn ich nicht wiederkommen sollte, Esperanza«, sagte er, »ich werde unsere Höhle nie vergessen – auch nicht den Strick, der zerrissen war, so begann es doch, nicht wahr? – Nimm dir die beiden Decken mit, wenn du morgen früh gehst ...«

»Ich werde auf ihnen schlafen und an dich denken.«

»Willst du keinen Mantel daraus machen?«

»Nein. Die Decken sind für die Nacht und die Sehnsucht.«

Sie saßen an diesem Abend noch lange Zeit und schauten auf das Meer hinunter.

»Ich habe eine Bitte, Pepone«, sagte Esperanza leise. »Wenn du morgen gehst, nimm Verena mit, daß du nicht so allein bist – wenn du in Not kommst, kannst du sie verkaufen, sie ist noch jung, und jeder nimmt sie gern. Sie ist nicht gestohlen, sie gehört jetzt mir – ich habe bei einem Bauern jeden Tag in unserer Zeit gearbeitet und sie bezahlt.«

Den letzten Tag seines Urlaubs verbrachte Macdonald im Hotel. Er war am späten Nachmittag zurückgekehrt, hatte durch den Hintereingang das Hotel betreten, die Ziege einem Hausdiener geschenkt, der während der toten Saison drei Dörfer weiter seinen kleinen Hof bewirtschaftete, dann hatte er ein heißes Bad genommen und den Friseur auf sein Zimmer bestellt. Ein Berg von Depeschen lag für ihn bereit, er überflog den Inhalt kurz, rief den Manager an, daß morgen früh sein Wagen vor dem Hotel bereitstehen solle. Dann ging er in den Speisesaal hinunter. Er verspürte keinen Hunger und mußte sich erst wieder an den Anblick von Menschen gewöhnen. Der Kellner hielt einen Tisch im Palmengarten für ihn bereit, mißmutig überflog er die lange, goldberandete Speisekarte, er dachte an den Korb, den Esperanza sonst um diese Stunde für ihn gebracht hatte, den bittersüßen Landwein ... Der Kellner füllte sein Glas und wartete, ob der Wein die richtige Temperatur habe. Macdonald winkte ab und nahm erst dann sein Glas, als der Kellner gegangen war. Er hob es durch das Fenster den Bergen zu, ein verwahrlostes Mädchen, das Mädchen mit der Ziege – Jetzt würde sie oben in der Höhle sein, die paar Armseligkeiten, die sich in den Wochen angesammelt hatten, hinuntertragen ins Tal, seinen Brief finden, in dem er ihr alles geschrieben hatte.

Konnte sie überhaupt lesen? Er hatte sie nie danach gefragt. Aber die Mutter wird es ihr schon vorlesen oder eine Freundin, und sie wird wissen, was sie mit dem großen Geldschein anfangen soll, den er dem Brief beigefügt hat. Für eine große Ziegenherde, hat er geschrieben, und für einen wollenen Mantel im Winter ...

Der Kellner geleitete mit viel Aufmerksamkeit zwei neue Gäste zum Nachbartisch. Eine Mutter mit Tochter, offensichtlich vermögende Leute, nach dem Schmuck der Mutter zu urteilen und nach dem Nerzcape der Jüngeren. Sie nahmen mit dem Rücken zu ihm Platz. Die Mutter reichte der Tochter die Speisekarte. »Sonderbar«, dachte Macdonald in seiner Verträumtheit, »warum trägt die Jüngere eine Herrenarmbanduhr? Es ist übrigens die gleiche wie meine, die ich als Pfand gegeben habe, am ersten Tag, daß ich mir von keiner anderen das Essen bringen lasse.« In diesem Augenblick kam der Kellner und brachte die Vorspeisen, eisgekühlte Orangen, mit Langustensalat gefüllt. Die Jüngere am Nebentisch, die Speisekarte noch in der Hand, drehte sich um, den Kellner zu verständigen. Macdonald läßt die Gabel sinken. Er traut seinen Augen nicht. Es ist das verwahrloste Mädchen, das Mädchen mit der Ziege.

In dem nächsten Film, den der bekannte Regisseur Anthony Macdonald nach seinem Urlaub in Cinemascope, Breitwand und Technicolor drehte, gab es eine Panne. Die für die zweite Hauptrolle eines jungen Mädchens vorgesehene Darstellerin genügte den Ansprüchen des Regisseurs nicht und mußte in letzter Minute umbesetzt werden. Die neue Besetzung, eine junge Schauspielerin, die bisher nur in unbedeutenden Filmen kleine Rollen gespielt hatte und mit ihrer Mutter den letzten Sommer in Europa verlebte, brachte einen Talisman mit ins Atelier, zwei Wolldecken, auf denen sie während der Aufnahmen saß. Regisseur Anthony Macdonald schaute gelegentlich vom Regiepult zu ihr hinüber. In Fachkreisen erzählte man sich, daß dem jungen Starlet eine große Zukunft bevorstehe und daß Anthony Macdonald einen bekannten Drehbuchautor an einen neuen Stoff gesetzt habe, der vorläufig den Arbeitstitel »Ein verwahrlostes Mädchen« oder »Das Mädchen mit der Ziege« trage . . .

# Juwelenraub

»Juwelendiebe sind Faulpelze«, meinte Burt Street, der Goldschmied. »Es gibt nur drei Methoden, einem Juwelier ein Schmuckstück abzujagen. Diese drei Methoden stammen bereits aus den Friedensjahren vor den Kreuzzügen, und die Juwelendiebe werden nicht müde, immer wieder diese alten, abgegriffenen Tricks anzuwenden. Sie werden nur noch von den Filmproduzenten atemraubender Kriminalfilme darin übertroffen. Ein Juwelier braucht nur in den Illustrierten alle Kriminalgeschichten zu lesen, um gegen alle Gaunereien gefeit zu sein. Ich persönlich lese jedenfalls seit meiner frühen Jugend nur Kriminalromane und bin überzeugt, daß mir in meinem Geschäft nicht die geringste Überraschung bevorsteht.«

In diesem Punkte irrte Burt Street, der Juwelier.

»Eines Tages erschien bei mir eine elegante junge Dame in einem Nerzmantel, die sich als Gräfin Nerajewa vorstellte«, erzählte Burt Street einige Wochen nach dem denkwürdigen Vorfall. »Sie gab an, mit ihrem Vater im Hotel zu wohnen und ein Schmuckstück kaufen zu wollen, das sie vor ein paar Tagen in meiner Auslage gesehen hatte. Ich hatte zunächst keine Bedenken, ihr das wertvolle Schmuckstück, ein Herz aus Smaragden, vorzulegen, jedoch machte mich bald ihre nervöse und zerstreute Art stutzig, um so mehr, als sie plötzlich erklärte, kein Geld bei sich zu haben, jedoch den Schmuck unbedingt sofort mitnehmen zu wollen, um ihn ihrem Vater zu zeigen. Meine Begleitung ins Hotel lehnte sie strikt ab. Als ich darauf bestand, griff sie empört nach ihrer Handtasche und wollte mein Geschäft verlassen. Ich bat sie höflich zu bleiben, bis ich mich überzeugt hatte, daß alle dem Safe entnommenen Schmuckstücke vorhanden waren. Nicht umsonst hatte ich meinen Verstand an Kriminalromanen geschärft, ich hatte oft genug gelesen, wie gern ein Halsband oder ein Armband in der Aufregung einer Szene verschwindet. In diesem Augenblick öffnete sich die Tür und ein Offizier in der Uniform einer fremden Macht trat ein.

›Vincent, helfen Sie mir! Man hat mich beleidigt!‹ rief die junge Dame leidenschaftlich und eilte auf den Offizier zu.

Der Offizier sah mich einen Augenblick an und sagte: ›Wollen Sie mir eine Erklärung geben, mein Herr?‹

Ich gab sie ihm.

Er hatte für meine Lage Verständnis. ›Ich kenne die Gräfin Nerajewa‹, sagte er, ›ich war oft auf dem Schloß ihres Vaters zu Gast. Vertrauen Sie ihr den Schmuck an. Genügt Ihnen mein Wort als Offizier?‹

Ich bedauerte. Von falschen Uniformen hatte ich zu viel gelesen. ›Ich habe leider nicht das Vergnügen, Sie zu kennen‹, sagte ich.

Er fuhr auf und warf seine Legitimation auf den Tisch. Es war ein bekannter Name, von der Gesandtschaft bestätigt. Ohne meine Antwort abzuwarten, händigte er der Gräfin den Schmuck aus und führte sie zur Tür. ›Wann wollen Sie zurück sein?‹

›In zehn Minuten.‹

Der Offizier küßte ihr die Hand. Sie ging.

Er kam zu mir zurück. ›Ich bleibe als Pfand bei Ihnen‹, sagte er.

Was blieb mir übrig? Ich wußte, ich saß in einer Falle. Ich kannte dieses alte Spiel, ich hatte es unzählige Male gelesen, ich hatte im Kino wiederholt heftig darüber gegähnt. Das Ganze war natürlich ein abgekartetes Spiel. Aber mir waren die Hände gebunden. Die Uniform und der Ausweis konnten ebenso gut echt sein, ich durfte es mir als einer der größten Juweliere des Landes nicht leisten, meinen Ruf aufs Spiel zu setzen. Ich versuchte die Peinlichkeit der Lage zu überbrücken. Der Offizier kam mir dabei entgegen, zog seine goldene Tabatiere aus der Tasche und bot mir eine seiner selbstgedrehten Zigaretten an. Ich lehnte in ständigem Mißtrauen dankend ab, und mein Verdacht wuchs, dies um so mehr, als der Fremde mit merkwürdigem Lächeln die Dose wieder einsteckte, ohne sich selbst zu bedienen.

Es vergingen zwanzig Minuten. Wir blieben allein.

Der Offizier erhob sich und ging zur Tür. ›Merkwürdig, wo sie so lange bleibt. Ich werde nachsehen.‹

›Bitte bleiben Sie!‹ sagte ich und stellte mich ihm in den Weg.

Er holte tief Atem, eine Falte grub sich steil in seine Stirn, er machte eine Bewegung, als wollte er mich wegstoßen, dann aber drehte er sich um und setzte sich auf den Stuhl zurück. Wieder vergingen weitere zehn Minuten.

Der Offizier erhob sich. ›Ich muß Sie um Entschuldigung bitten‹, sagte er. ›Bitte, benachrichtigen Sie die Polizei. Eine Erklärung zuvor: Es scheint, als ob ich mit der Gräfin Nerajewa unter einer Decke stecke. Ich versichere Ihnen, es ist nicht so. Unser Wiedersehen in Ihrem Geschäft überraschte mich, ich hatte die Gräfin seit fünf Jahren nicht gesehen. Es gibt Schicksale und Verirrungen auf der Welt, mit denen ich nicht rechnen konnte. Ich hafte Ihnen selbstverständlich für den Betrag, habe jedoch kein Geld bei mir.‹

›Ich habe es nicht anders erwartet.‹

Er zog die goldene Dose aus der Tasche, löste seine Uhr vom Arm. ›Nehmen Sie dies als Anzahlung. Der Rest wird in achtundvierzig Stunden bezahlt.‹

›Ich glaube Ihnen kein Wort!‹ rief ich heftig.

›Dann müssen Sie die Polizei rufen‹, sagte er gleichmütig.

›Das werde ich auch! Sie sind niemals Offizier, Sie sind

nur ein Komplice dieser feinen Dame!‹ Ich griff fassungslos vor Wut nach dem Telefon.

›Dort drüben steht ein Schutzmann‹, unterbrach er mich. ›Es ist einfacher, Sie holen ihn herein.‹

Ohne ihn einer Antwort zu würdigen, stürzte ich zur Tür, winkte dem Schutzmann, der sogleich herüberkam, als hätte er nur darauf gewartet . . .«

»Lieber Burt«, sagten die Freunde, »wie konnten Sie nur auf diesen alten Gaunertrick hereinfallen? Der Schutzmann war natürlich der Dritte im Bunde.«

Der Juwelier schüttelte den Kopf. »Glauben Sie doch nicht, daß ich nicht auch mit dieser so oft gelesenen Möglichkeit gerechnet hätte! Während der Offizier verhaftet wurde, betätigte ich heimlich die Alarmanlage, und wenige Minuten später betraten zwei Schutzleute meines Reviers das Geschäft.

Da aber ging die Tür noch einmal auf, und herein trat die Gräfin. ›Ich wurde aufgehalten‹, sagte sie, ›habe ich mich verspätet?‹ Sie legte das Geld auf den Tisch, betrachtete uns fünf Männer und sagte: ›Wirklich – wie zum Filmen!‹

Bei einer großen Truppenparade sah ich den Offizier wieder«, schloß Burt Street seinen Bericht. »Er saß auf der Ehrentribüne der Militärattachés, und als er mich erkannte, lachte er mir belustigt zu. Ich grüßte. Er übersah meinen Gruß. Am nächsten Tag erhielt ich von ihm ein Buch, einen billigen Liebesroman, und auf der ersten Seite stand: ›Lesen Sie, lieber Freund, im Interesse Ihres Geschäftes lieber ein vernünftiges Buch –‹«

# Ein Karat Brillanten, lupenrein

Der Ferienverkehr hatte dieses Jahr früher eingesetzt, aber die Drei fanden ein Abteil erster Klasse für sich allein. Die Schnellzüge in die Schweiz waren nicht so überfüllt, wie sie befürchtet hatten.

Dupont kam als letzter, fast als der Zug schon anfuhr. »Das hätten wir gerade noch geschafft!« rief er. Er verneigte sich leicht vor der fremden, attraktiven Dame im grauen Reisekostüm, die am Fenster saß, und reichte Inspektor Fragoli die Hand.

Fragoli nahm ihm den kleinen Koffer ab und warf ihn über sich in das Gepäcknetz. »Ich habe eine Überraschung für Sie, Dupont . . . Sie werden staunen«, sagte er, »ich befinde mich im Augenblick auf der Hochzeitsreise.«

»Allein?«

»Pamela, darf ich dir Kommissar Dupont von der Interpol vorstellen?«

Die junge Dame im grauen Kostüm am Fenster lächelte und reichte Dupont die Hand. »Ich habe schon viel von Ihnen gehört«, sagte sie.

»Ich bin erfreut, Madame, daß Sie meinen Kollegen in Ehehaft genommen haben«, sagte er und zu Fragoli gewendet: »Seit wann sind Sie verheiratet?«

»Genau seit vierundzwanzig Stunden, mein Lieber. Können Sie ermessen, wie mich der Alarm in der Zentrale gestern überraschte? Fahndung nach einem größeren Paket Heroin ausgerechnet in diesem Schnellzug Paris–Basel, demselben Zug übrigens, den Pamela und ich uns für unsere Hochzeitsreise ausgesucht hatten. Meine Frau hatte schon Platzkarten gelöst.«

Dupont seufzte: »Ich könnte mir auch etwas Besseres und Aussichtsreicheres vorstellen, als diesen Zug zu durchfilzen. Zwölf Waggons, Speisewagen, Schlafwagen, Ostende–Genf – und keinen Anhaltspunkt. Wir wissen nicht einmal, wer das Zeug bei sich hat. Ein Mann? Eine Frau? Ein Kind? Die letzten Informationen lauten, daß es eine Dame sein soll, die am Grenzbahnhof das Rauschgift einem Dritten übergibt. Das ist aber auch alles, was wir wissen. Wir müssen also aufpassen, wer in Basel aussteigt oder kurz vor der Grenze zusteigt und mit wem der Betreffende spricht, ob er einen Koffer bei sich trägt, den er dann versehentlich tauscht oder wie alle die Manipulationen sind. Ich halte es für sinnlos, jetzt schon die Waggons einzeln durchzusehen.« Er wandte sich wieder der Dame am Fenster zu. »Verzeihen Sie, Madame, daß wir hier fachsimpeln, noch dazu auf Ihrer Hochzeitsreise. Ich werde schweigen.«

»Aber nein. Ich höre Ihnen gern zu«, sagte Pamela.

»Kennen Sie sich eigentlich schon lange?«

»Auf den Tag genau drei Wochen«, antwortete Fragoli.

»Und gleich geheiratet, gleich auf die erste Dienstreise mitgenommen?«

»Wir wollten sowieso in die Schweiz. Es war ein Vorschlag meiner Frau.«

»Wie interessant.« Dupont sieht eine Weile aus dem Fenster. Dann fragt er: »Wie haben Sie sich eigentlich kennengelernt?«

»Auf der Terrasse eines Cafés im Bois de Boulogne. Meine Frau ist Schweizerin.«

»Hatten Sie mit den Papieren keine Schwierigkeiten?«

»Pamela hatte alles bei sich.«

»Gratuliere. Das findet man selten. Ihre Familie lebt in der Schweiz?«

»Ja. In Ascona.«

»Dann verstehe ich Ihren Wunsch, Ihre Hochzeitsreise

in die Schweiz zu machen. Sie wollen Ihren Eltern unseren Ehemann präsentieren. Oder waren Ihre Eltern zur Hochzeit in Paris?«

»Nein. Wir haben in aller Stille geheiratet. Beileidsbesuche dankend verbeten«, antwortete für sie Fragoli. »Pamela wollte es so.«

»In welcher Kirche haben Sie geheiratet?«

»Nur standesamtlich.«

»Dann kann man sich leichter wieder scheiden lassen«, lachte Dupont. »Verzeihen Sie diesen dummen Witz, Madame! Aber standesamtlich, das ist wie nur mit einem Fuß angebunden, ich würde mir meinen Mann an Ihrer Stelle richtig fesseln, so mit Handschellen und Ketten –«

»Wir wollen die kirchliche Trauung in der Schweiz nachholen.«

In diesem Augenblick geht die Tür auf, und eine Reinemachefrau der Eisenbahn im grauen Arbeitsmantel, mit einem turbanähnlich gebundenen Kopftuch, eines jener nützlichen Wesen, wie man sie in allen Schnellzügen findet und die die Toiletten während der Fahrt sauber halten, altes Papier auflesen und die Fensterscheiben putzen, betritt das Abteil. Sie leert den Inhalt des Aschenbechers in ihren Eimer, fährt noch einmal mit dem Tuch über den kleinen Tisch am Fenster und verschwindet ebenso wortlos, wie sie gekommen ist.

»Tun Sie mir den Gefallen, lieber Dupont, und erwähnen Sie in Paris nichts, daß ich meine junge Frau auf die Dienstreise mitgenommen habe«, sagt Fragoli. »Ich weiß, es ist gegen jedes Reglement, und der Alte versteht da keinen Spaß.«

»Ich schweige wie ein Grab. Außerdem ist es vielleicht gerade Ihre Frau, die uns hilft, die Bande unschädlich zu machen.« Dupont sagt es nicht ohne Unterton.

Ihre Blicke begegnen sich.

»Vielleicht«, sagt Pamela, ein wenig spöttisch.

»Ich bin beinahe überzeugt davon. Sechs Augen sehen mehr als vier, zumal die seinen getrübt sind vor lauter Glück des Verliebtseins. Was ich übrigens verstehen kann.«

»Danke«, sagt sie.

»Das ist kein Kompliment. Sie sind wahrhaft überraschend schön. Wir Polizeibeamten, noch dazu bei unseren schmalen Gehältern, müssen unsere Ehefrauen meist aus einem Paket zweiter Wahl holen, denn wer will schon einen Polizisten heiraten? Dazu muß man schon besondere Gründe haben.«

»Vielleicht hatte ich einen besonderen Grund.«

»Ich nehme es an, Madame. Es wird sich weisen.« Er fügt hinzu: »Ich höre Sie gern reden. Erzählen Sie weiter, wie Sie sich kennenlernten.«

»Darf ich, Guido?« fragt Pamela.

Inspektor Fragoli nickt.

»Wir saßen im ›Café du Ciel‹, an getrennten Tischen natürlich. Mir war ein Handschuh heruntergefallen –«

»Verzeih, es war eine Zeitung.«

»Richtig. Es war eine Zeitung.«

»Er hob sie auf?«

»Natürlich hob er sie auf. Ich hatte längst bemerkt, daß er darauf brannte, mich kennenzulernen.«

»Und Sie ihn?« fragt Dupont.

»Ich bestreite es nicht. Er gefiel mir. Wir setzten uns zusammen. Der Kellner brachte zwei Wermut. Dann fragte ich ihn, ob er mich in meinem Wagen ein wenig durch den Bois spazieren fahren wolle –«

»Haben Sie einen schönen Wagen, Madame?«

»Einen ganz normalen Wagen. Ein kleines weißes Coupé.«

»Und dann?«

»Dann fuhren wir essen und ein wenig tanzen.«

In diesem Moment springt Dupont auf: »Gut, daß Sie

mich daran erinnern! Ich habe einen Bärenhunger. Wer geht mit in den Speisewagen?«

Die Zwei erheben sich. Pamela nimmt ihre Handtasche neben sich mit. Sie ist von einer ungewöhnlichen Größe. Außerdem entspricht das Material nicht dem eleganten Kostüm, den Schuhen und dem Hut Pamelas. Aber das bemerkt, bis auf Dupont, keiner.

Auch ein Schmuggler hat meist das Bedürfnis, eine Mahlzeit zu sich zu nehmen, und so beobachten die beiden Männer jeden Tisch im Speisewagen. Aber ein guter Mensch und ein böser Mensch, sie unterscheiden sich in nichts, wie sie ihre Suppe löffeln und ihr Huhn schneiden; nicht einmal beim Spargel, den es heute als Beilage gibt, merkt man den Unterschied. Die Herren haben inzwischen längst gelernt, wie man ihn kunstgerecht verspeist, das gehört zum Handwerkszeug der Internationalen, und die unbeholfen damit umgehen, kommen selten über einen kleinen Gelegenheitsdiebstahl hinaus. Aber Dupont und Fragoli sind heute hinter einem größeren Wild her. Es handelt sich um eine beträchtliche Menge Heroin, die in Paris verschwunden ist. Man hat einige Täter dingfest gemacht, das Heroin selbst aber war längst von der Bande in Sicherheit gebracht. Einer von den Jungens hatte gepfiffen, aber mehr wußte er auch nicht, als daß es mit dem Zug über die Grenze gebracht werden sollte. Sonderbar, daß dieser Zug vorbestimmt war. Entweder hatte man ein Schlafwagenabteil genommen, was der Grund zu diesem bestimmten Zug gewesen wäre, oder vielleicht Platzkarten – wie war das doch mit den Platzkarten, die Fragolis Frau bestellt hatte?

»Werden Sie länger in der Schweiz bleiben, Madame?«

»Ich fahre nach Ascona zu meinen Eltern voraus und warte, daß mein Mann nachkommt. Wie lange, glauben Sie, wird er durch diesen Auftrag verhindert sein?«

»Wenn wir den Täter finden, sehen Sie ihn vielleicht sehr schnell wieder.«

»Ich werde jedenfalls in Basel aussteigen und einen Zug überspringen, um auf ihn zu warten.«

Die Reinemachefrau des Schnellzuges kam jetzt von hinten durch den Gang des Speisewagens. Unmittelbar am Tisch der Drei bückte sie sich, hob eine schmutzige Serviette vom Boden auf und stopfte sie in ihren Eimer. Dann verließ sie den Speisewagen nach vorn hinaus, dort, wo sich die Küche befand. Der Chefkellner rief ihr etwas Ärgerliches nach, sie nahm keine Notiz davon, aber es sah so aus, als ob sie ihm von hinten grob antworte.

Der Zug näherte sich der Grenze. Kommissar Dupont und Inspektor Fragoli waren zweimal unterwegs gewesen, die Abteile der Waggons unauffällig durchzugehen und die Gesichter der Reisenden zu prüfen. Dupont hatte den hinteren Teil des Zuges übernommen, wo sie saßen, und Fragoli die ersten Wagen überlassen. Aber viel kam nicht dabei heraus, es war, wie vorauszusehen, eine unnötige Mühe gewesen. Die Liste der Schlafwagengäste ergab keine Anhaltspunkte. Auch die letzte Station vor der Grenze hatte ihre Hoffnung nicht erfüllt. Als der Zug einlief, standen nur vier Personen auf dem Bahnsteig, ein junger Pfarrer und eine Frau mit zwei kleinen Kindern. Sie stiegen in den ersten Teil des Zuges, es war also Fragolis Sache, sich näher mit ihnen zu beschäftigen.

Dupont kam als erster in das Abteil zurück. »Ich hoffte, Fragoli hier zu treffen«, sagte er. »Ich bitte Sie, mir zu verzeihen, daß Sie mit mir allein vorlieb nehmen müssen.«

»Hatten Sie Erfolg?«

»Noch nicht. Aber –« Er hatte ihr gegenüber Platz genommen und beugte sich jetzt nach vorn. »Wissen Sie eigentlich, Madame, daß Fragoli zu meinen besten Freunden gehört?«

»Er hat es mir erzählt.«

»Sie werden verstehen, daß ich um Fragoli – er ist jung, er sieht gut aus – immer ein wenig besorgt bin. Ich hatte einmal einen Kollegen, der kam durch eine Frau in eine so dumme Situation, daß er seinen Dienst quittieren mußte. Dabei war er nur grenzenlos verliebt und hatte keine Ahnung, daß sie sich durch ihn nur ein Alibi verschaffen wollte. Er deckte die Frau ahnungslos mit seinen Aussagen, und da war es geschehen.«

»Warum erzählen Sie mir das?«

»Ach, Madame, es gibt viele Gründe. Aber jetzt, wo Fragoli verheiratet ist, wo er eine Frau hat, noch dazu eine so anbetungswürdige –«

»Finden Sie, daß ich die richtige Frau für ihn bin?«

»Auf diese Frage kann ich Ihnen erst in Basel Antwort geben. Aber dann kommt sie aus dem Herzen.«

»Sie haben – verzeihen Sie, daß ich Sie so direkt frage – ein Bedenken?«

»Nein, kein Bedenken«, sagte Dupont, »aber einen großen Verdacht, der sich immer mehr verdichtet.«

»Was für einen Verdacht?«

»Daß Sie ihn wirklich lieben. Und daß Sie jetzt selbst nicht wissen, wie Sie aus dieser Affäre herauskommen sollen.«

In diesem Augenblick betrat Fragoli das Abteil.

»Ich muß dir einen Kuß geben, den letzten vor der Grenze«, sagte Pamela.

Fragoli fragte lachend, zu Dupont gewendet: »Gestatten Sie?«

Und dann geschah es.

Der Zug lief in Basel ein. Die Reisenden hatten bereits ihre Koffer ergriffen und waren durch den Gang zur Ausgangstür gewandert. Pamela ging voran, ihr folgte Dupont und hinter ihm Inspektor Fragoli. Die Ausgangstür blokkierte im Augenblick die Reinemachefrau, die mit einer großen Zeitung, eigentlich mit einem Bündel Zeitungen, die blinde Fensterscheibe der Tür putzte. Während der Zug langsam auf dem Bahnsteig einlief, putzte sie aufgeregt mit einer solchen Vehemenz die Scheibe, in weiten, großausholenden Bogen, als wollte sie ihr Meisterstück im Putzen machen. Als der Zug hielt, öffnete sie die Tür und lief als erste hinaus. Sie warf das zerknüllte Bündel Zeitungen in den Abfallkorb auf dem Bahnsteig, der der Tür am nächsten stand. Dupont drängte an Pamela vorbei und stieg als zweiter aus. Neben dem Abfalleimer blieb er stehen und blickte zu Fragoli und Pamela zurück. In dieser Minute kam ein Bahnangestellter gelaufen. Er trug einen blauen Leinenkittel, eine Schirmmütze und eine Nummer darauf. Er kam mit einem Karren und entleerte den Inhalt des Abfallkorbes in seinen kleinen Müllwagen. Das ging alles ganz schnell, ganz unbeobachtet vor sich. Dupont nickte Fragoli kurz zu, dann schritt er schnell hinter dem Mann im blauen Kittel her, der nach der entgegengesetzten Seite des Ausgangs eilte, die weiteren Abfallkörbe unbeachtet ließ und der Richtung zustrebte, wo die Gleise sich gabeln und die langen Schienenstränge sich verzweigen.

Inspektor Fragoli stand als letzter auf dem Trittbrett und trat vor der wiedereinsteigenden Putzfrau, die sich ihres zerknüllten Zeitungsbündels entledigt hatte, höflich zurück. Und wie, als wenn er »Pardon!« sagen wollte, so faßte er sie nur leise an den Arm und sagte: »Kommen Sie bitte mit! Ich verhafte Sie wegen Rauschgiftschmuggels!«

Am Abend dieses denkwürdigen Tages sagte Pamela: »Ich wußte, daß Sie mich in Verdacht hatten, verehrungswürdiger Monsieur Dupont! Sie glaubten, ich hätte Ihren Freund Fragoli nur geheiratet, um sozusagen im Schutz der Polizei das Rauschgift über die Grenze zu bringen. Ihr Verdacht verdichtete sich so, daß Sie blind für andere Dinge wurden. Aber als ich die Reinemachefrau zum zweiten Mal im Speisewagen sah, entdeckte ich an ihren Ohren zwei wertvolle Brillanten von je einem halben

Karat. Ich verstehe mich auf Steine. Mein Vater ist Juwelier. Wie kommt nun eine so einfache arme alte Frau zu so wertvollen Boutons, von denen einer ausgereicht hätte, ihr diese mühsame Arbeit im Zug zu ersparen? Das sagte ich Ihnen im Abteil, wenn Sie sich erinnern. Und dann wurde unser Verdacht ja beinahe zur Gewißheit. Als die Alte so aufgeregt mit dem großen Zeitungsbündel die Fensterscheibe zum Bahnsteig hinaus putzte, konnte dies nur ein Signal für ihren Spießgesellen sein, damit er sie sah und wußte, in welchem Abfallkorb er das Rauschgift fände.«

Kommissar Dupont öffnete die Flasche, die sie zur Feier des Tages trinken wollten. »Ich sagte ja schon, sechs Augen sehen mehr als vier«, sagte er lachend. »Das mit den Ohrringen: Die ehrenwerte Dame hat bereits gestanden, daß sie mit dem Heroin Hals über Kopf von Paris abreisen mußte und bei einer Tarnung als Putzfrau völlig ihre wertvollen Brillanten vergessen hatte. Wie gut, daß wir Sie bei uns hatten, Madame! Denn welcher Mann versteht sich bei Brillanten darauf, ob die Steine echt sind oder nicht?«

Pamela sagte sanft: »Sie wußten ja auch nicht, ob meine Liebe echt war oder nicht.«

»Zum Teufel, Madame! Was befand sich dann in Ihrer sonderbaren Handtasche?«

Pamela sagte: »Alter französischer Kognak für meinen Vater.«

# Yvonne

Justus Jacobson, Bankdirektor im Österreichischen, befreundet mit mir seit damals, als die Deutschen die Grenzpfähle nach Österreich niederrissen, um sie später wieder aufzurichten, sechzig, Rotarier, ein Mann von besonderem Ausmaß, wohlhabend und wohltätig zugleich, wenn es galt, unverschuldete Schicksalsschläge auszugleichen, meinem Herzen besonders nahe, rief mich eines Abends an. Seine Art zu telefonieren war nicht die anderer Bürger. Bei ihm gab es keine Gespräche, er redete ohne Vorsprache herunter, was er auf dem Herzen hatte, und legte dann unvermittelt auf. Wie einer die Wasserleitung aufdreht und wieder schließt. So war es auch diesmal.

»Meine einzige Tochter Yvonne hat sich verlobt«, sagte er, »ich brauche dir nichts zu erzählen, du hast das schon dreimal hinter dir. Es ist jedenfalls ein höchst sonderbarer Zustand für einen Vater. Da ist plötzlich einer im Raum, und er ist immer im Raum, wenn nicht persönlich, dann im Herzen deiner Tochter, er beeinflußt unsere Gespräche, denn sie spricht schon mit seiner Vernunft, noch mehr mit seiner Unvernunft, denn Liebesleute haben über die einfachsten Dinge die sonderbarsten Ansichten. Dabei habe ich nichts gegen den Freiersmann einzuwenden. Er ist Franzose, sein Vater hat eine große Apotheke in Paris, er studiert hier in Salzburg Musik, will Dirigent werden, auch sein Äußeres ist eindrucksvoll, kein Schönling, sondern mit einem Gesicht, daß man unwillkürlich zu ihm hinblickt, wenn er etwas sagt. Nein, gegen die Wahl meiner Tochter habe ich nichts einzuwenden, es sei denn, daß sie mir zu jung zum Heiraten erscheint. Aber das glauben wohl alle Väter, wenn der entscheidende Augenblick gekommen ist.

Es hat ganz harmlos angefangen. Yvonne hat den Mann ihres Lebens auf einer Party kennengelernt, bei Freunden von uns, es war eine Geburtstagsfeier, an der uns nur auffiel, daß sie ungewöhnlich lange dauerte. Als ich am nächsten Tag dort von der Bank anrief – es handelte sich um günstige Umtauschmöglichkeiten eines Aktienpaketes –, erfuhr ich nebenbei, daß die gestrige Party durch eine Unpäßlichkeit der Hausfrau frühzeitig geendet habe, wovon mir meine Tochter nichts erzählt hatte. Die Gäste hatten schon gegen elf Uhr das Haus verlassen, meine Tochter Yvonne war erst gegen ein Uhr heimgekommen. Das ist an sich nichts Außergewöhnliches, die jungen Leute werden noch in ein Kaffeehaus gegangen sein oder in eine Bar, um noch ein wenig zu tanzen. Schließlich ist Yvonne schon einundzwanzig Jahre, eine besessene Autofahrerin, vielleicht hat sie ihren kleinen Sportwagen mit Freunden vollgeladen, und sie waren in der Nacht nach Ischl oder zum Mondsee hinübergefahren. Ich machte mir darüber keine Gedanken und vergaß, als ich heimkam, meine Tochter danach zu fragen, wo sie die beiden Stunden der letzten Nacht verbracht hatte. Zwischen uns bestand kein Mißtrauen, ich wunderte mich nur, sie bei meinem Heimkommen zum Ausgehen bereit zu finden, in ihrem schönsten Kleid und mit ihrer Krokotasche, die ich ihr kürzlich zu ihrem einundzwanzigsten Geburtstag geschenkt hatte – eine Überraschung, bei der ihre Freude keine Grenze kannte und die sie bis heute noch nicht benutzt hatte mit dem Versprechen, sie zum ersten Mal zu nehmen, wenn sie mit mir ausginge. Das ganze Zimmer roch nach ihrem Parfüm, und sie sagte auf meinen erstaunten Blick: ›Ich gehe heute abend ins Theater.‹

›Was gibt man?‹

›Den ‚Raub der Sabinerinnen‘.‹

›Dafür ziehst du dich so elegant an, Yvonne?‹

›Ich bin eingeladen.‹

›Kenne ich ihn?‹

›Noch nicht. Aber du wirst ihn bald kennenlernen.‹

Ich habe auf diese Weise schon viele junge Männer kennengelernt, die mir meine Tochter ins Haus brachte.

›Wie findest du ihn?‹ fragte sie mich jedesmal.

›Recht passabel.‹

›Nein, ernstlich! Gefällt er dir?‹

›Er muß *dir* gefallen.‹

›Mir gefällt er mächtig.‹

Dann gefiel er mir auch, schon um meiner geliebten Tochter die Freude zu machen. Lange Zeit dauerte es ja nie. Der Glanz eines jungen Mannes verblaßt bald. War er ein guter Tänzer, so war er ein schlechter Beifahrer. War er ein Held am Steuer, so kam er ihr beim Schwimmen nicht nach. Das nächste Handicap, an dem die meisten scheiterten, war der Skilauf, denn Yvonne war auf den Brettern zu Hause wie kein zweites Mädchen. Andere junge Männer wieder, die ich kennenlernte, blamierten meine Tochter bei den Tischgesprächen durch ihre Unwissenheit – kurz, lange brannte das Feuer nie.

›Also eine neue Eroberung?‹ fragte ich.

›Eine funkelnagelneue.‹

›Zugereist?‹

›Ja. Ausländer.‹

›Oh!‹ sagte ich erschrocken.

›Franzose.‹

›Das geht ja noch.‹

›Es gibt auch schwarze Franzosen.‹

›Ist er einer?‹

›Dann würde ich ihn nicht heiraten wollen.‹

Mir blieb der Mund offen. ›Du willst ihn heiraten?‹

›Wir haben uns gestern verlobt.‹

Das war vor acht Wochen. Wie angekündigt, lernte ich

ihn bald kennen. Auch seine Eltern, die reichen Comars, die eigens aus Paris herüberkamen, um sich anzuschauen, was ihr Filius in Salzburg eingehandelt hatte. Es waren reizende Leute. Aber je näher der Tag kam, an dem die Trauung stattfinden sollte, desto ungemütlicher wurde es mir in meiner Haut. Es fiel mir immer schwerer, meine geliebte Tochter herzugeben. Yvonne merkte es, so sehr ich auch meine Gefühle zu verstecken suchte. Vielleicht beobachtete sie mich, wenn ich mich unbeobachtet glaubte. Wenn es sich nicht vermeiden ließ, daß wir über die Hochzeitsvorbereitungen sprechen mußten, hatte sie schon zweimal gesagt: ›Sei nicht traurig, Vater. Wenn wir auch in Paris leben, wir verbringen jeden Urlaub bei dir in Salzburg. Henri hat es mir in die Hand versprochen.‹

Als Antwort hatte ich wieder nur einen Seufzer, den ich nicht unterdrücken konnte, so fest ich mich auch bemühte zu lächeln. Denn ich dachte an die kurzen Wochen ihres Urlaubs und an die langen einsamen Wochen des Jahres. Ich hätte mein Herz nicht so an meine einzige Tochter hängen sollen, ja, der Himmel hätte mir keine so vollkommene Tochter schenken dürfen, dann bräche mir jetzt nicht das Herz. Hatte Yvonne denselben Gedanken, ohne daß sie ihn aussprach?

Drei Wochen waren noch bis zur anberaumten Hochzeit. Ich weiß nun nicht, war es die allgemeine Nervosität dieser Tage, oder war es der Einfluß des jungen Mannes, jedenfalls begann meine Tochter sich merkwürdig zu verändern. Sie wich mir aus, wo sie konnte, hatte nie mehr ein freundliches Wort für mich, ja sogar meines Geburtstages, der in diese Zeit fiel, entsann sie sich erst beim Mittagessen. Ich weiß nicht, warum mich gerade dies so schmerzlich berührte, vielleicht bekümmerte es mich deswegen, weil dies der letzte Geburtstag mit meiner Tochter war. Sie erschien bei mir nicht mehr zum gemeinsamen Frühstück, antwortete mir nicht, wenn ich sie ansprach, kurz, sie war völlig verändert. Es waren immer nur Kleinigkeiten, aber sie häuften sich von Tag zu Tag.

Ich habe zum Beispiel die Angewohnheit, nicht früher schlafen zu gehen, bevor meine Tochter im Haus ist. Das ist eine alte Sitte noch aus ihren Jugendtagen her, wo sie sechzehn war und siebzehn. Ich habe die Angewohnheit beibehalten, wenn sie mit ihrem Wagen unterwegs ist – ich gehe jedenfalls nach einem Gutenachtkuß auf die Wange ruhiger schlafen. In der letzten Zeit stellte sie mich manchmal auf eine harte Probe und kam erst spät heim. Vor vierzehn Tagen wurde es sogar drei Uhr früh.

Ich saß in meinem Arbeitszimmer und wartete. Ich las ein Buch, aber ich lauschte mehr nach draußen, als daß ich den Inhalt des Buches in mich aufnahm. Endlich hörte ich ihre Schritte über den Kies im Garten und wie sie mit dem Schlüssel das Haustor aufsperrte. Mein Gesicht strahlte glücklich. Jetzt würde sie zu mir hereinkommen, mir den Gutenachtkuß geben, und ich konnte in Ruhe schlafen gehen. Ich war ehrlich müde.

Plötzlich horchte ich auf. Ich traute meinen Ohren nicht. War es eine Halluzination? Ihre Schritte gingen an meiner Tür vorbei, die Stiegen zu ihrem Schlafzimmer hinauf. Das war noch nie geschehen. Warum kam sie nicht herein? War sie krank? War ihr etwas Schlimmes widerfahren? Mein erster Gedanke war, daß sie mich brauchte, daß ich ihr helfen mußte. Ich sprang aus meinem Sessel am Kamin und eilte hinauf. Die Tür zu ihrem Zimmer stand offen. Yvonne pfiff eine fröhliche Melodie vor sich hin, ja, sie tänzelte geradezu, während sie ihren Mantel ablegte und den Hut vom Kopf nahm. Als sie mich in der Tür erblickte, zog sie die Augenbrauen hoch und fragte erstaunt: ›Wieso bist du noch auf?‹

›Fehlt dir etwas?‹

›Nein. – Wieso bist du noch auf?‹ wiederholte sie.

›Ich warte doch immer auf dich.‹

›Ach Vater‹, sagte sie, ›das wird mit der Zeit recht unbequem. Ich bin doch jetzt erwachsen. Ich kann schon selber auf mich aufpassen. Es wäre mir lieber, unterwegs zu wissen, daß du daheim schon schlafen gegangen bist. Ich bin doch kein Kind mehr.‹

›Und mein Gutenachtkuß?‹

›Ja richtig! Das habe ich total vergessen. Verzeih!‹

Sie gab ihn mir flüchtig, wie einen Brosamen oder wie man einen Hund tätschelt, wenn man heimkommt.

Drei Tage später, als Henri und Yvonne mit dem Wagen unterwegs waren und eine Panne hatten, die sie zwang, bei Freunden zu übernachten, riefen sie mich nicht einmal an. Früher hätte ich die Polizei verständigt und nach Yvonne suchen lassen, so unmöglich wäre es mir erschienen, daß sie mich nicht verständigte, wo sie wußte, ich warte daheim auf sie. Jetzt aber war ich schon an ihre Rücksichtslosigkeiten, nun, sagen wir väterlicher: an ihre Unbedachtheiten gewöhnt, so daß ich die Nacht einfach aufblieb und ihr nichts davon sagte, als sie gegen zehn Uhr morgens unbekümmert erschien.

Oder ein anderes Mal, wenn er bei uns ist, mit dem ich jetzt per Du bin, nachdem wir Brüderschaft getrunken haben, der feinnervige Musiker, sitzt sie auf seinen Knien. Sie weiß, daß ich das verabscheue. In meiner Familie hat noch nie, wenn andere Leute dabei sind, ein junges Mädchen auf eines Mannes Knie gesessen. Das mag im Hinterhaus üblich sein, ich finde es ordinär.

›Setzt euch ordentlich hin‹, sage ich.

›Wir sind doch verlobt!‹ antwortet mir meine Tochter. Sie gibt Henri ostentativ einen Kuß. Er geniert sich nicht und nimmt ihn.

›Kinder! Kinder!‹ sage ich.

›Findest du etwas dabei?‹

›Natürlich nicht‹, sage ich. Was soll ich auch sagen?

Gestern kam es zwischen uns zu einem richtigen Krach.

Mir fehlten dreihundert Schilling in der Brieftasche. Ich verdächtigte innerlich schon das ganze Haus, die Köchin, meinen Chauffeur, der meinen Anzug zum Bügeln weggetragen hatte, sogar den Briefträger, der allein im Zimmer gewesen war.

Meine Tochter sah mir meine Unruhe an und sagte: ›Was ist mit dir, Vater?‹

›Nichts. Warum?‹

›Weil du mit einer so zuwideren Miene herumläufst. In der letzten Zeit ist deine schlechte Laune bald nicht mehr zum Ertragen!‹

›Ich finde es besonders taktvoll, wenn die eigene Tochter ihrem Vater schlechte Laune vorwirft.‹

›Du bist ja nur eifersüchtig auf Henri!‹ fährt sie mir über den Mund.

Das ist zu viel für mich. Ich schreie sie an: ›Es wird höchste Zeit, daß du aus dem Haus kommst! Wenn du wissen willst, warum ich ein wenig verstört herumlaufe – in unserem Haus ist ein Dieb!‹

Sie sieht mich an. Lächelt. ›Fehlen dir dreihundert Schilling?‹

›Woher weißt du das?‹

›Weil ich sie mir aus deiner Brieftasche genommen habe.‹

›Ohne mich zu fragen?‹

›Du warst nicht im Zimmer, und ich brauchte das Geld für den Friseur. Du hast mir ja bisher auch immer das Geld für den Friseur gegeben.‹

›Gegeben ja. Geschenkt ja. Aber einfach zu nehmen!‹

›Du kannst dir das Geld von der Mitgift abziehen, über die du bis heute noch kein Wort verloren hast.‹

›Wenn du dich weiter so benimmst, wird dich dein Henri ohne einen Groschen Mitgift nehmen müssen.‹

›Das setzt das Gesetz fest, nicht du! Hast du nicht auch

den Eindruck, daß du manchmal schon ein wenig sonderbar wirst, Vater?‹

So war es in den letzten Tagen immer unerträglicher geworden, Yvonne steigerte ihre Launenhaftigkeit, zeigte bei jeder Gelegenheit ihre Krallen, war widerborstig und rechthaberisch und machte allen im Haus, vor allem mir, das Leben zur Hölle. Sie blätterte bei Tisch in einem Modemagazin, sie führte stundenlang Telefongespräche mit allen möglichen Leuten, trotzdem sie wußte, daß ich lange nichtssagende Gespräche hasse und selbst einen dringenden Anruf erwartete. Sie ließ, wenn sie wußte, daß ich daheim arbeitete, das Radio in voller Lautstärke laufen, sogar Küchenrezepte hörte sie ab, mit der Begründung, sie habe bei mir ja leider nicht das Kochen erlernt, und ob ihr Mann sich eine Gastritis zuziehen solle. Jetzt bin ich ehrlich froh, daß Yvonne aus dem Haus kommt und in zwei Tagen die Hochzeit stattfindet. Ich rufe dich dann wieder an!«

So endete das Gespräch. Damit hatte er aufgehängt, und ich würde wahrscheinlich wieder monatelang von ihm nichts hören, denn es war seine Art, nur ganz sporadisch anzurufen. Wie verwundert war ich deshalb, als am Tag von Yvonnes Hochzeit mitten in der Nacht das Telefon bei mir läutete und eine Stimme fragte: »Ist dort Feilnbach 220? Sie werden aus Salzburg verlangt.«

Es war Justus Jacobson, der mich anrief. »Yvonne hat heute geheiratet«, sagte er. »Die Kinder sind vor einer Stunde weggefahren. Yvonne hat für mich einen Brief hinterlassen. Er lag auf dem Nachttisch, als ich vor wenigen Minuten in mein Schlafzimmer kam. Heute will ich ihn noch bei mir behalten, morgen schicke ich ihn dir. Du wirst überrascht sein, nach dem, was ich vor drei Tagen erzählte. Ich hoffe, du nimmst nächsten Sonntag den Frühzug und besuchst mich. Ich kann deine Anwesenheit jetzt gut gebrauchen.«

Am übernächsten Morgen erhielt ich den Brief. Er kam ohne ein Begleitschreiben meines Salzburger Freundes, er hatte ihn nur in einen Umschlag gelegt. Es war der Brief seiner Tochter, den sie ihm am Tag ihrer Hochzeit geschrieben hatte.

»Mein über alles geliebter Vater! Ich war in der letzten Zeit unausstehlich zu Dir, ich weiß es. Viel lieber hätte ich jedes meiner Worte, die Dich kränkten, ja, Dich kränken sollten, in Watte gepackt und mit kindlichen Zärtlichkeiten zugedeckt, damit sie Dich nicht so verletzten, wie sie es taten. Ich bin damals absichtlich nicht in Dein Zimmer gekommen, ich habe das Geld bewußt aus Deiner Brieftasche genommen, habe oben in meinem Zimmer gewartet, bis Du allein gefrühstückt hattest, und in jener Nacht, als wir die Panne hatten, habe ich absichtlich nicht angerufen. Ich wußte, daß Du daheim in Sorge auf mein Heimkommen wartetest, und habe trotzdem nicht angerufen. Ich wollte, daß Dein Herz sich von mir löst, daß Du mich aus dem Haus wünschst, denn ich hätte nie von Dir weggehen können, wenn ich weiter die trockenen Tränen in Deinen Augen gesehen hätte. So ist der Abschied von der ungeratenen Tochter hoffentlich um ein Quentchen leichter geworden, und jetzt ist es höchste Zeit, daß Du wieder in Liebe an mich denkst, wie ich an Dich. Ich bitte Dir alles ab, was ich Dir in den letzten Wochen angetan habe, und nur, wenn Du sehr allein bist, darfst Du Dich dieser bösen Tage erinnern, dann kommst Du vielleicht leichter über die Einsamkeit hinweg.

Ich bin jetzt, während Du diese Zeilen liest, auf der Fahrt nach Paris, mit dem Mann, den ich über alles liebe, aber genau so liebe ich Dich, und wenn Du Dir einmal den Fuß brichst oder auch nur den kleinen Finger, bin ich sofort bei Dir. Verzeih mir darum, daß ich häßlich und lieblos zu Dir war, um Dir über den Abschied hinwegzuhelfen, und daß meine Medizin recht bitter schmeckte. Ich habe sie immer zugleich mit Dir genommen, und sie war in meinem Mund genau so bitter. Ich weiß, daß Du mich jetzt verstehen und mir verzeihen wirst, mein über alles geliebter Vater . . .«

Irgendwie, kaum erkennbar, waren unter der Unterschrift ein paar Tropfen, als ob einer beim Schreiben oder Lesen geweint hätte. Aber es kann auch auf dem Postweg geschehen sein, denn mein Briefträger trägt die Briefe an mich zwanzig Minuten über den Berg hinauf durch den Regen.

# Wiener Pointe

Ich bin jedes Jahr ein paar Wochen in Wien. Nicht nur des Weines wegen und um der Geigen willen, die Wiener Gastfreundschaft hat es mir angetan, die im kaiserlichen Ringstraßenhotel beginnt und bei meinen Freunden oben unterm Dach in der Himmelpfortgasse nicht endet. Die Wiener Gastfreundschaft hat noch eine Spezialität: Der Gast bekommt ein Geschenk. Auf seinem Platz neben dem Teller liegt ein Veilchensträußchen, ein Buch, ein silberner Aschenbecher, in den die Anfangsbuchstaben seines Namens graviert sind. Das ist alte Wiener Sitte. Und mir, dem Schriftsteller auf Geschäftsreise, dem Einkäufer von Pointen, überreicht man als Gastgeschenk kleine Geschichten. Wer in seinem Leben so viele Geschichten erzählt hat, wie ich es tat, füllt gern seinen Reisesack auf mit Wiener Pointen. Hier ist eine von ihnen. Ich habe sie zum Weitererzählen geschenkt bekommen.

Aktenstaub gehört zu der schönsten Wiener Luft. Wer vierzig Jahre lang als pflichtgetreuer Beamter Aktenluft geatmet hat, findet an der Landluft wenig Reize. So erging es auch einem alten Wiener Ministerialrat, der als Hofrat seine Pension auf dem Land verzehrte und sich im Zuhause eines Bauern vor kurzem eingemietet hatte. Er war in Wien ein sehr hoher Beamter gewesen, bei einem der Bundesministerien, und zehntausend Aktenstücke reichen nicht, die man ihm in seiner vierzigjährigen Dienstzeit zur Bearbeitung und Entscheidung übergeben hat. Jetzt feierte er auf dem Land seine wohlverdiente Ruhe, aber ein Tag auf dem Land ist lang, von Sonnenaufgang bis Sonnenuntergang geschieht nicht viel für einen die Stadt gewohnten

Menschen, und dem alten Ministerialrat war manchmal schon recht fad. »Hast keine Beschäftigung für mich, Bauer?« fragte er darum eines Tages. »Ich helf' dir gern für ein Vergeltsgott bei deinem Tagwerk – brauchst nur anzuschaffen, was ich tun soll.«

Arbeitskräfte sind selten auf dem Land. Es gab also nichts, was der Bauer lieber gehört hätte. »Ich wüßt' eine Sache für Sie, Herr Hofrat«, sagte er bedächtig. »In meinem Keller liegen die Kartoffeln vom vorigen Jahr, so wie sie vom Acker hereingekommen sind – wannsd magst, Hofrat, kannst die Kartoffeln heute nachmittag sortieren. Die guten und großen auf eine Seite, die kleinen, die schlechten, halt die, die nichts wert sind, als Saufutter für den Trog. Macht sonst bei uns der Dorfdepp, wirst es schon fertig bringen.«

Als der Bauer am Abend vom Feld heimkam, fand er den alten Hofrat ganz erschöpft auf der Hausbank sitzen. Er schien in dem einen Tag um Jahre gealtert.

»Fehlt's weit?« fragte der Bauer.

»Nein«, sagte der Ministerialrat, »es war nur die ungewohnte Arbeit des Kartoffelsortierens.«

»Das hat Sie so angestrengt?«

»Ja«, sagte der alte Beamte am Ende seiner Kraft, »es war nicht die Arbeit des Aufhebens und Weglegens an sich – aber immer bei jeder Kartoffel diese sofortigen Entscheidungen . . .«

# Mailand—München

Jedes Land baut andere Häuser. Nur Reihensiedlungen haben überall das gleiche Gesicht. Da liegt ein Haus ganz dicht beim andern, nur eine Zwischenwand trennt sie. Heizt der eine seinen Ofen, wärmt er durch die dünne Wand des Nachbars Zimmer gleich mit, ganz gleich, ob man nun miteinander befreundet oder einander spinnefeind ist. Die Häuser, aneinander gewachsen, alle mit dem gleichen Gesicht, unterscheiden sich voneinander nur im Aquarell ihres Anstriches. Da liegt das himmelblaue Haus neben dem zitronengelben, das himbeerfarbene folgt dem resedagrünen, cyclamenrosane Fassaden wechseln mit lavendelblauen Häuserfronten. Wer will, mag so wohnen. Wer wohnen will, muß so wohnen.

Ein italienischer und ein deutscher Baumeister, zwei junge begabte Architekten, hatten nun zur gleichen Stunde an zwei verschiedenen Orten, jeder in seinem Land, den gleichen Auftrag übernommen: am Stadtrand eine Reihensiedlung von zehn Einfamilienhäusern schlüsselfertig zu bauen. Da sie zusammen an der Sorbonne studiert hatten, denselben modernen Stil bevorzugten, nämlich Raum zu sparen und Licht und Luft einzufangen, und sich auf den internationalen Kongressen, auf denen sie sich Preise holten, oft trafen, so daß die alte Freundschaft in all den dazwischen liegenden Jahren nicht minder geworden war, beschlossen sie, diesmal um die Wette zu bauen. Der Auftrag wurde beiden Architekten zur gleichen Stunde gegeben, jetzt galt es, die eigene Tüchtigkeit zu beweisen.

Wer baut, braucht Geld. Das Geld für beide Bauvorhaben lag bis zum letzten Heller auf der Bank. Welch herrlicher Zustand, welche angenehmen Möglichkeiten für einen Architekten! Zum Bauen gehört aber nicht nur Geld, sondern auch Material: Ziegel, Riegel, Kies, Kalk, Sand, Zement, Dachplatten, Wasserrohre, Closchüsseln, Waschbecken, Badewannen, Herde, Bretter und Balken, Türstöcke und Fensterflügel. Auch dies wurde beiden Baumeistern zur gleichen Stunde angeliefert, es fehlte nicht ein Nagel und kein Schräubchen. Es war ein ehrliches Handicap.

Die Wette lief.

Nach einigen Monaten depeschierte der Italiener, der hinter Mailand seine Siedlung baute: »Noch achtundvierzig Stunden, und wir sind fertig.«

Der deutsche Baumeister, der hinter München seine Baustelle hatte, depeschierte zurück: »Noch achtundvierzig Formulare, Gesuche, Begehungen, Kommissionen, Planänderungen, Genehmigungen, Sitzungen und Städteblickauflagen – und wir können beginnen.«

# Wir waren unser neun

Wir sind neun im Raum. Es ist kalt und sehr frisch. Die Luftzufuhr klappt vorzüglich. Drei Wände unseres Raumes liegen im Finstern, das Licht fällt nur durch eine Wand, allerdings unbarmherzig grell, so daß wir keine Minute unbeobachtet sind. Man kann – und sie tun es auch, wir sehen es – jede unserer Bewegungen verfolgen.

Der hellen Lichtwand gegenüber ist eine große Uhr. Als wäre sie, um unsere Angst zu steigern, dorthin gestellt. Jeden Abend um sechs Uhr beginnen wir unruhig zu werden. Unsere Angst wächst mit dem Vorschreiten der Zeiger. Zwischen acht und neun ist es am schlimmsten. Dann holen sie immer einige von uns, wir wissen nicht, wer es heute sein wird, wer morgen. Wir wissen nicht, was sie mit denen tun, die sie von uns herausholen. Noch keiner ist zurückgekommen. Aber in uns ist eine schreckliche Angst, Abend für Abend, zwischen acht und neun.

Manchmal, am Morgen, kommt ein Schub Neuer, sie riechen nach Freiheit und bringen viel Unruhe mit sich. Dann gewöhnen sie sich daran. Und sie wissen bald um das Geheimnis der Uhr, der schrecklichen drei Stunden unserer Angst.

Kein Wort wird zwischen uns gesprochen. Wir stehen in den Ecken herum, den ganzen Tag, liegen auf dem Boden, einem Steinboden, streichen langsam an der Wand entlang, keiner kümmert sich um den anderen. Gegen Mittag wirft man uns etwas Essen herein. Meist gekochte Kartoffeln und ein paar Brocken Fleisch darunter. Zu wenig für uns alle, aber wir haben keinen rechten Hunger. Die Neuen am allerwenigsten. Am Tag läßt man uns meist in Ruhe.

Ganz selten, daß man einen von uns herausholt. Aber wenn es dann Abend wird, wenn sie das Licht anzünden, dann wissen wir, es ist wieder so weit – wen von uns wird es heute treffen?

Wir halten oft den Atem an und starren auf die Uhr. Wie langsam die Stunden vergehen! Um zehn, das ist die Stunde, wo wir zu hoffen beginnen, um elf, wir wissen, die Gefahr ist für heute vorüber. Es wird leer im Haus, wir hören nur noch wenige Schritte, auch die Stühle stehen still. Das Rücken der Stühle abends gegen acht, sie setzen sich zurecht, wir sollen vor ihnen erscheinen.

Wir verfolgen die zwei großen Zeiger gegenüber mit brennender Angst, um elf stellen sie meist das Licht kleiner, wir sind ganz vorn an dem großen Fenster und pressen unsere Köpfe gegen das Glas – halb zwölf – jetzt nur noch zehn Minuten bis Mitternacht – wir wissen, wir haben wieder einen ganzen Tag vor uns, einen Tag Leben – noch fünf Minuten, dann sind wir gerettet, für vierundzwanzig Stunden, aber vierundzwanzig Stunden sind viel für einen, der weiß, daß er hier nicht herauskommt, daß er, wenn sie ihn holen, sterben muß . . . Um Mitternacht träumen wir dann von daheim, wie es war, das Land, die Wiesen, der Bach, die Sonne, die Vögel, die auf den Bäumen sangen, die großen und die kleinen Fliegen, die sich über dem Wasserlauf tummelten . . .

Es ist wieder einmal so weit. Die Stunden der Angst sind vorüber. Heute haben sie keinen von uns geholt. Das kommt selten vor. Wir sind ein wenig müde von der täglichen Angst. Es gibt nichts, was so müde macht wie Angst. Ich sehe es einigen von uns an, bald werden sie krank sein, sie taumeln schon, wenn sie sich von einer Ecke zur anderen bewegen.

Plötzlich steht ein Mann mit einer weißen Jacke und einer hohen weißen Mütze vor uns und schaut durchs Glas zu uns herein. »Morgen geben wir die Forellen ins Menu«, sagt er zum Oberkellner, »das Fischbassin muß wieder einmal gesäubert werden. Wieviele sind es denn? Neun Stück – ja, die gehen weg – unser Restaurant ist ja berühmt wegen seiner Gebirgsforellen – also morgen: Frische Forellen im Menu!«

Als ich spät am Abend die Schlemmergaststätte »Au gourmet sans chiqué« verlasse, werfe ich dem Forellenbassin neben mir einen hilflosen Blick zu. Ich weiß, wie ihnen zumute ist, ich habe einen Abend lang ihren Gedanken zugehört. Da mich niemand sieht, halte ich schnell die Uhr an, so daß die Zeiger auf Mitternacht stehen bleiben, der Stunde, wo die Forellen von daheim träumen.

# Der Wetterbericht

Die Liebe aber ist das Schönste auf der Welt.

»Christina!«

»Geliebter Martin?«

»Nächsten Sonntag?«

»Früh acht Uhr unter der Normaluhr.«

»Und wenn es regnet und stürmt?«

»Es wird nicht regnen und stürmen, wenn wir zwei unseren ersten Skiausflug in die Berge machen wollen!«

Martin blickte sachlich zum Himmel. »Der Wetterbericht lautet nicht günstig«, sagte er. »Also gut – Sonntag früh acht Uhr – aber nur bei schönem Wetter!«

Der Wetterbericht hatte recht behalten. Am Sonntag goß es in Strömen. Christina stand am Fenster. Sie hatte ihren schönsten Skianzug an. Darunter klopfte ihr Herz voll Sehnsucht. »Das Wetter ist eigentlich gar nicht so schlecht«, sagte sie zu sich. »Die paar Regentropfen? Wenn man sich liebt, findet man auch den Regen schön. In einer halben Stunde werde ich Martin sehen! Was für ein schöner Tag!«

Punkt acht Uhr stand Christina mit ihren Skiern unter der Normaluhr am Hauptbahnhof. Sie hatte einen kleinen Schirm über sich aufgespannt und fand sich reichlich komisch damit. Von ihrem Martin war weit und breit nichts zu sehen. Martin schlief daheim den Schlaf des Gerechten. Er hatte sich, als er aus dem Fenster sah, noch einmal umgedreht und war wieder eingeschlafen. Wer macht auch bei diesem Sauwetter mit der Liebsten einen Skiausflug? Nur die Narren! Bei schönem Wetter, hatten sie vereinbart. Na also!

Unter der Normaluhr, neben Christina, wartete noch einer. Ein junger Mann im Skianzug, mit einem Veilchenstrauß in der Hand. Sie standen nebeneinander eine Stunde und warteten im Regen.

Der junge Mann, der wiederholt zu ihr hinübergeblickt hatte, faßte sich zuerst ein Herz. »Finden Sie das Wetter sehr schlecht, mein Fräulein?« fragte er zaghaft.

»Keineswegs. Es regnet ein wenig. Aber sonst finde ich das Wetter herrlich.«

»Ich auch«, sagte der junge Mann.

Dann schwiegen sie wieder und gingen weiter im Regen auf und ab. Im wahrsten Sinne des Wortes: wie bestellt und nicht abgeholt.

Nach einer Viertelstunde begann der junge Mann erneut: »Ich habe nämlich hier ein Rendezvous, mein Fräulein.«

»Ich ebenfalls«, sagte Christina.

»Aber nur bei schönem Wetter, hat sie gesagt.«

»Er auch, auf den ich warte. Nur bei schönem Wetter.«

Da sagte der junge Mann mit dem Veilchenstrauß in der Hand einen Satz, der eines Philosophen würdig gewesen wäre: »Wenn man sich liebt, ist jeder Tag schön!«

Christina nickte, den Tränen nahe: »Es kann regnen, so viel es will ...«

Daheim schliefen zwei in ihren Betten bis weit in den verregneten Tag hinein. Sie hatten sich an den Wetterbericht gehalten und waren nicht zum Stelldichein erschienen. Weil die Regentropfen an das Fenster klopften? Nein, weil die wahre Liebe fehlte! Die aber mit der Liebe im Herzen standen eng beieinander unter dem Schirm und sahen sich ins Gesicht. Als sie der Meinung waren, lange genug gewartet zu haben, liefen sie in den Bahnhof, lösten zwei Fahrkarten, bestiegen den Zug, und als sie im Gebirge ankamen, goß es noch immer in Strömen. Sie aber faßten sich bei den Händen und stiegen im Schneematsch hinauf in die Hütte, die sie bei diesem Wetter verständlicherweise leer vorfanden. Sie wußte längst, daß er Karl hieß, Charles Magnus, wie sie ihn lachend um seiner Größe willen nannte, und Karl der Große half ihr aus den Schuhen, aus ihrer nassen Jacke heraus, streifte ihr die Mütze ab, rieb ihr das Haar trocken, bald brannte im Herd ein knisterndes Feuer, der Wasserkessel summte, der Raum füllte sich mit Wärme und dem Duft der Tannenzapfen, und während der Regen auf das Dach hämmerte und der Sturm daran rüttelte, als wollte er es hinwegtragen, saßen sich die beiden Hand in Hand am Tisch gegenüber und sagten zur gleichen Sekunde, als ob sie bereits nur noch ein Herz und einen Verstand hätten: »Was für ein schöner Tag!«

Da geschah das Wunder. Christina war zu dem eingebauten Wandschrank getreten, um nachzusehen, ob frühere Besucher etwas zurückgelassen hatten. Sie fand ein wenig Tee, eine Tüte mit Zucker, zwei Schachteln Kekse und eine Handvoll Nüsse. Als sie weiterkramte – »Karl! Komm! Schau!« rief sie aufgeregt.

»Was gibt es, Christina?«

Christina holte aus dem Wandkasten eine alte verstaubte Flasche Rum aus Flensburg hervor, halb ausgetrunken, an der sich ein Zettel befand: »Für das erste Liebespaar, das wie wir bei Sturm und strömendem Regen hier heraufkommt! Wir haben die halbe Flasche ausgetrunken und uns anschließend verlobt. Wir lassen unseren Nachfolgern, die zu zweit allein in der Hütte sein müssen, den Rest des Rums aus Flensburg, zum Lob unserer Heimatstadt, aus der wir stammen, unter der Bedingung, daß sie ihn bei Regen und Sturm austrinken und sich anschließend verloben.«

Die Flasche mußte wohl schon zwei Jahre oder drei dort gestanden sein, alle späteren Besucher der Hütte hatten diesen Wunsch respektiert. Aber einem guten Rum macht das nichts aus, ein guter Rum hält sich.

»Erfüllen wir zwei die Bedingungen?« fragte Karl.

»Es stürmt.«

»Es regnet.«

»Wir sind allein in der Hütte.«

»Wir lieben uns.«

»Sag es zweimal!«

»Wir lieben uns.«

»Müssen wir uns dann verloben?«

»Das müssen wir erst hinterher entscheiden, wenn die Flasche leer ist.«

Und sie brauten sich einen Grog aus Rum, und sie tranken den Grog aus Rum, und in ihren Herzen wuchs die Liebe zueinander, daß sie in hundert Jahren nicht aufzubrauchen war, so daß sie zwei Ehen gebraucht hätten, ihrer Liebe Herr zu werden, nicht nur eine. So verlobten sie sich wenigstens zweimal, er bat sie um ihre Hand, und sie bat ihn um die seine.

Als sie vor Glück nicht weiterwußten und hinausliefen in den strömenden Regen, um mit lauter Stimme ihr Glück durch den heulenden Sturm in die Welt hinauszuschreien, sagte Karl, während sie wieder in die warme Geborgenheit der Hütte zurückkehrten und durch die offene Tür in den Regen zurücksahen: »Auf den Wetterbericht kann man sich nicht verlassen! So ein schöner Tag wie heute kommt so schnell nicht wieder ...«

# Madeleine und Pierre

»Sie spricht eine andere Sprache, mein Junge«, sagte die Mutter. »Wie stellst du dir vor, wie das einmal werden soll? Wir werden kein Wort miteinander reden können, und wenn ich eines Tages Enkel haben werde, werden sie französisch sprechen, und ihre Großmutter wird kein Wort davon verstehen.«

»Aber ich liebe nun einmal Madeleine, Mutter.«

»Die Liebe kommt, die Liebe geht. Als ob es in unserem Land nicht genug Mädchen gäbe, eine schöner als die andere, die dich mit Kußhand nehmen würden! Bist ja gesund und gerade gewachsen! Da suchst du dir eine, die französisch parliert? Dein Vater hat deutsch gesprochen, deine Großeltern haben deutsch gesprochen, meine Eltern waren Deutsche, wie kommst du nur auf den Einfall, eine Französin heiraten zu wollen?«

»Das ist doch pure Unvernunft, Mutter. Es ist doch alles anders geworden. Die Zeiten haben sich geändert. Außerdem hat Madeleine mein Wort.«

»Ich hatte es früher als deine Madeleine! Als kleiner Junge hast du immer zu mir gesagt: ›Wenn ich einmal groß bin, heirate ich dich! Ich werde dich nie verlassen!‹ Hast du das alles vergessen?«

Jede Mutter ist zunächst eifersüchtig auf ihren Jungen, wenn er ein Mädchen daherbringt. Bisher war sie die Alleinbesitzerin seines Herzens, mit allem kam der Junge zuerst zu ihr. Plötzlich ist eine aufgetaucht, mit der sie sich in die Liebe des Jungen teilen muß. Wenn man wenigstens mit ihr die Grenzen absprechen könnte! »Das ist dein Gebiet, das ist mein Gebiet. Du gehst mit ihm tanzen, ich koche daheim für ihn. Du schreibst ihm zärtliche Briefe, ich kümmere mich um seine Wäsche.« Das könnte man einer sagen, die Elfriede heißt, oder Annemarie, meinetwegen auch Eva oder Susi, aber wenn sich eine Madeleine nennt und kein Wort deutsch spricht, wie soll man sich ihr verständlich machen?

Wenn ihr Junge weit weg nach Hamburg geheiratet oder eine Wienerin zur Frau genommen hätte, auch ein Mädchen aus Basel, und die beiden hätten dort gelebt, nun gut, dann wäre sie eben zweimal im Jahr zu ihnen hingefahren, das ist das Los der Großmütter, auf Besuch zu den Kindern zu gehen. Ihr Sohn würde sie vom Bahnhof abholen und ihre Schwiegertochter sie in der Tür mit einem Kuß empfangen, man hätte sich gegenseitig viel zu erzählen, bald ist man dort zu Hause, auch mit dem Nachbarn ergibt sich ein Gruß und ein Gespräch – aber in einer Stadt wie Paris, wo jeder nur französisch spricht? Sie kann kein Wort Französisch, hat es nie gelernt, genau so gut könnte man von ihr verlangen, daß sie russisch spricht oder persisch. Und wenn zwei Menschen nicht zusammen sprechen können, bleibt immer eine Kluft zwischen ihnen, man sieht sich an und weiß nicht, was man zueinander sagen soll.

Sie hat nichts gegen das junge Mädchen, das ihr Junge heiraten will. Sie ist jung, anmutig, ja sogar hübsch, sie ist bescheiden und höflich. Peter hat sie ihr einmal vorgestellt. Daß sie ihren Peter Pierre nannte, nun ja, dafür war sie eben eine Französin. Sonst war nichts an ihr auszusetzen. Aber sie hatten sich damals gegenübergestanden wie eine Eskimodame und eine Tibetanerin. Jede hatte nur hilflos gelächelt und verlegen mit den Schultern gezuckt.

Das wird nie anders werden, wenn ihr Junge Madeleine heiratet, wie er es vorhat. Man weiß ja nicht einmal, was sich unsere Schwiegertochter wünscht. Und eine Mutter, die den Kindern nichts mitbringen und nichts zu Weihnachten schenken kann, da kommt man sich vor wie Besuch, und man gehört doch hin zu den Kindern.

Und was ist dann, wenn Enkel kommen? Sogar für Großmutter und Großmama haben sie wahrscheinlich ein ganz anderes Wort, und die Kleinen werden Angst vor ihr haben, weil sie eine andere Sprache spricht. Sie werden sich wieder herunterstrampeln von ihren Armen und sich von ihrer Hand losreißen, sie wird für die Kinder immer eine Fremde bleiben.

»Unsere deutsche Großmutter!« werden die Kinder sagen, und wenn es wieder einmal Krieg gibt, man soll es nicht verschreien, werden in der Schule die anderen Kinder ihre Enkel beschimpfen, weil sie eine deutsche Großmutter haben. Das muß doch alles bedacht sein.

Aber ein Mann, der verliebt ist, sieht die Dinge nicht so, wie sie wirklich sind. Er nimmt alles auf die leichte Schulter. Ihm fehlt die Erfahrung. Er glaubt, die Liebe überwindet alles. »Ich kann es ja verstehen, daß er das junge Ding liebt, das wiegt bei ihm gewaltig, aber ich muß meine Bedenken in die Waagschale werfen. Die Verlobung soll zu Weihnachten stattfinden. Ich muß versuchen, ihm die Flausen aus dem Kopf zu reden. Notfalls enterbe ich ihn. Viel Zeit habe ich nicht mehr. Aber ich gebe mich nicht geschlagen.«

Eine Woche vor Weihnachten trat Peter in das Zimmer seiner Mutter. »Ich habe zwar schon etwas für dich, Mutter, aber du hast mir immer noch nicht gesagt, was du dir zu Weihnachten wünschst. Sag bitte einen ganz, ganz großen Wunsch!«

»Ach, Junge –«

»Ich schenke dir sonst vielleicht etwas völlig Unnützes. Sag bitte, was du gern hättest und worüber du dich freust.«

Die Mutter nestelte aus ihrer Handtasche einen Zettel hervor. »Ich habe es aufgeschrieben«, sagte sie.

»In einem Brief?«

»Ein richtiger Weihnachtswunschzettel, mein Junge. Aber lies ihn erst, wenn ich aus dem Zimmer bin.«

Sie stand auf, ging zur Tür, kehrte noch einmal um, gab ihrem Jungen einen Kuß, nahm ihm zu gleicher Zeit das Taschentuch aus seiner Rocktasche und ging aus dem Zimmer.

Als Peter allein war, öffnete er den Brief und las: »Bitte ein Wörterbuch Deutsch–Französisch. Merci.«

Er legte den Zettel, das Brieflein seiner geliebten Mutter, in seine Brieftasche, und er kam genau auf einen Zettel seiner geliebten Madeleine zu liegen, den sie gestern ihrem Brief beigefügt hatte. Darauf stand: »S'il vous plait un dictionnaire français–allemand. Danke.«

# Zu Weihnachten ein Strauß bunter Anemonen

»Was wünschst du dir zu Weihnachten, Konstanze?« fragten sieben reiche Freier das schönste Mädchen der Welt. Konstanze war plötzlich erblüht, ihre Schönheit war sozusagen über Nacht erwacht. Wer sie sah, dem stockte der Atem. Es gibt solche Mädchen. Sie leben unbeachtet zwischen uns, plötzlich wechseln sie die Frisur, und mit der neuen Frisur wird ihr Mund zärtlicher, ihre Nase lustig, die Augen heiter, sogar die Ohren nehmen an ihrer Schönheit teil, wie der Punkt auf dem i. Alle Männer liefen plötzlich Konstanze nach. »Was wünschst du dir zu Weihnachten?« fragten sie.

Auch Kasimir Print gehörte zu den Bewerbern um Konstanzes Gunst. Er hatte es nicht leicht. Der eine Freier bot ihr als Weihnachtsgeschenk einen großen Wagen an, der zweite einen Mantel aus Ozelot, teurer als Nerz, der dritte eine Schiffsreise in den Orient mit der Aussicht, den Winter zum Sommer zu machen. Kasimir Print, der jüngste, machte damals das Rennen.

»Was haben Sie ihr geschenkt?«

»Einen kleinen Strauß Anemonen.«

»Als Weihnachtsgeschenk?«

»Ja. Nur einen kleinen Strauß bunter Anemonen. Sie schickte den Mann mit dem großen Wagen von ihrer Tür, schickte den Ozelot, teurer als Nerz, und die Schiffskarte zurück und nahm meine Anemonen.«

»War mit den Anemonen etwas Besonderes?«

»Ein kleiner Schlüssel hing daran.«

»Ein Schlüssel?«

»Ein Schlüssel mit einem Zettel.«

»Was stand auf dem Zettel?«

»Jederzeit Emanuelstraße 9, Tür 18.«

»Kam Konstanze?«

»Schon am Weihnachtsabend. Emanuelstraße 9, Tür 18, war meine Studentenbude. Es war die bescheidenste Studentenbude der ganzen Stadt. Ein Teppich mit neun Löchern lag auf dem Boden, darauf stand ein Tisch mit drei Beinen, zwei Stühle, die nicht zueinander paßten, darüber eine abscheuliche Lampe, ein Donauweibchen mit Hirschgeweihen, im Ausverkauf nach dem Ausverkauf erworben. Der Tisch war nur mit zwei Tellern gedeckt, zwei Tassen, eine mit Enzian bemalt und eine mit ›Sieg Heil!‹, zwei schartige Gläser, dazu nur ein Besteck. Benützte Konstanze die Gabel, nahm ich das Messer, brauchte sie das Messer, nahm ich schnell die Gabel. Aber mitten auf dem Tisch standen die bunten Anemonen, die sie mitgebracht hatte, im Zahnputzglas, und auf der Kommode brannte ein winzig kleiner Weihnachtsbaum mit fünf Kerzen, und wir vergaßen auch ohne Schiffsreise die Jahreszeiten.«

»Also zwei Verliebte?«

»Damals oder wenigstens zuerst noch nicht«, sagte Kasimir Print. »Ich sah es ihr an, wie sie dem Wagen vor der Tür und dem Ozelot, teurer als Nerz, nachträumte. Sie ließ sich nicht einmal küssen. Aber plötzlich wurden ihre Augen hell. Sie hatte etwas am Weihnachtsbaum entdeckt.«

»Was war das?«

»An einem roten Wollfaden zwei schmale goldene Ringe . . . Das war vor neun Jahren. Seitdem schenkte ich Konstanze jedes Weihnachten einen Strauß bunter Anemonen«, sagte Kasimir Print.

»Sonst nichts?«

»Doch. Im nächsten Jahr lag ein Strauß Anemonen auf

einem herrlichen Teppich, den ich ihr für unsere junge Ehe geschenkt hatte, denn ein schöner Teppich macht erst den Raum zum Heim und verwandelt die alten Stücke beinahe zu Antiquitäten. Im zweiten Jahr standen die Anemonen in einer geschliffenen Kristallvase zwischen kostbarem Geschirr und schönen Gläsern und gutem Silber, mit denen ich für Konstanze den Weihnachtstisch gedeckt hatte. Im dritten Jahr war der Kronleuchter, das Donauweibchen mit den Hirschgeweihen verschwunden, und in meiner alten Studentenbude standen zwei schöne bequeme Sessel, gut gepolstert und bunt bezogen. Im vierten Jahr hatte ich die ganze Wohnung übernommen und führte Konstanze mit Anemonen in der Hand durch alle Räume. Im fünften Jahr steckten die Anemonen in der Blumenvase des Autos, das ich Konstanze zu Weihnachten schenkte, im sechsten Jahr zierten sie als Tuff einen Pelzmantel, allerdings billiger als Nerz, im achten Jahr lag ein Strauß bunter Anemonen auf den Schiffskarten für eine Orientreise, um den Winter zum Sommer zu machen, und letztes Weihnachten lagen die Anemonen auf dem Kaufbrief des Hauses Emanuelstraße 9, das ich meiner Frau zu Weihnachten schenken konnte ...«

»Also sind Sie als junger Architekt auch in das Wirtschaftswunder hineingerutscht?«

Kasimir Print lachte: »Das hat mit dem Wirtschaftswunder nichts zu tun. Ich hatte ja neun Jahre Zeit, und in einer glücklichen Ehe kann ein Mann gar nicht anders als vorwärtskommen. Und zuletzt hat ja jede Ehefrau den Anspruch auf die Erfüllung ihrer Träume, denn wenn eine auf die Liebe setzt, auf einen Strauß bunter Anemonen, woher wüßte sie sonst, daß die Tugend, die altmodische, sich lohnt?«

# Der Weg zu meinem Haus

In eines Mannes Leben wächst mit den Jahren die Zahl seiner Freunde. Von überall her fallen ihm neue Freundschaften zu, vom Bier, vom Wein, vom Beruf, von Reisen, vom Sportplatz und vom Arbeitstisch. Man schüttelt sich die Hand und sagt zum Schluß: »Ich würde mich freuen, wenn Sie einmal an einem Sonntagnachmittag zu mir kämen . . .«

Mein Haus am Berg war immer reich an Freunden. Von überall her kamen sie, und wenn am Sonntag schönes Wetter war, reichten die Stühle in meinem Haus oft nicht aus. Ich habe nie reiche Freunde gehabt, sie kamen meist in kleinen verrosteten Wagen oder auf Motorrädern. Mein Haus liegt genau dreiundsechzig Kilometer von München entfernt, das war früher so der rechte Sonntagsausflug aus der Stadt auch für schwache Motoren, in neunundfünfzig Minuten waren sie bei mir, und in neunundfünfzig Minuten fuhren sie am Abend wieder heim, meist mit Blumen und Früchten meines Gartens beglückt. Dreißig Jahre hielt ich die Gastfreundschaft, stand das Tor meines Hauses für meine Freunde stets sperrangelweit offen.

Inzwischen griff das Wirtschaftswunder um sich. Es ging auch an meinen alten Freunden nicht spurlos vorüber. Nicht, daß sie mir die Freundschaft aufsagten, im Gegenteil, wir blieben die alten, aber ihre Wagen wurden erneuert, eingetauscht gegen größere, stärkere, schnellere – die Unbequemlichkeit der Motorräder war längst einem viersitzigen Automobil gewichen. Wo sie früher mit fünfzig in der Stunde dahingezuckelt waren, rasten sie heute mit hundert und darüber.

»Jetzt ist es für uns nur noch ein Katzensprung zu dir, Johannes«, sagten sie, wenn sie gleich am ersten Sonntag mit ihrem neuen Wagen zu mir kamen, um mich an ihrer Freude teilhaben zu lassen. »Stell samstags den Hühnergrill schon an, wir kommen jeden Sonntag.«

Sie kamen auch, alle meine Freunde, denn ich wohne am Rande der Autobahn, und es war wirklich mit ihren schnellen Wagen nur noch ein Katzensprung zu mir. Aber mit ihnen machten viele Menschen einen Katzensprung, nicht nur zu mir, auch Fremde, die ich nicht kannte, sprangen sonntags wie die Katzen und besuchten mit dem Wagen ihre Freunde und Bekannten. Dadurch sprang die Katze schon wesentlich langsamer. Vor allem am Sonntagabend in die Stadt zurück, da schlich die Katze nur noch. Es dauerte nicht lange, da fuhr man jeden Sonntag auf der Autobahn in Zweierreihen, immer wieder angehalten und aufgehalten, und der Weg von meinem Haus in die Stadt, der jahrzehntelang auf alten kleinen Wagen nie länger als neunundfünfzig Minuten gedauert hatte, dehnte sich jetzt bei den schnellen Wagen, Baujahr 1963, auf das Dreifache, auf drei mal neunundfünfzig Minuten. Kann ich es meinen Freunden verargen, daß sie mein Haus nicht mehr besuchten? Drei Stunden heraus zu mir und wieder drei für die Heimfahrt, noch dazu mit kleinen Kindern, die am Abend vom Herumlaufen auf der Wiese und vom Spiel mit dem Ball müde und quengelig geworden sind, und auch als Fahrer behält man bei der Heimfahrt in Kolonne nicht die besten Nerven.

»Du mußt das verstehen, Johannes«, sagten sie, »das ist keine Erholung mehr für uns, wir bleiben sonntags in Zukunft lieber daheim.«

So war der letzte Sonntag der erste Sonntag seit Jahren, wo mein Haus leer von Freunden und Gästen blieb. Nur weil der Fortschritt so vorgeschritten ist, die Wagen schneller geworden sind und sich alle auf der Autobahn ein Stelldichein geben, liegt mein Haus plötzlich über Nacht dreimal so weit von der Stadt und meinen Freunden entfernt. Auch unser langjähriges Hausmädchen ist gegangen, da wir ihr jetzt zu weit von der Stadt entfernt wohnen und ihr Freund sie nicht mehr sonntäglich besucht. »Ich kündige«, hat sie gesagt, »ich kann meinem Freund nicht zumuten, sonntags auf der überfüllten Autobahn heimzufahren . . .«

Die Einsamkeit meines Hauses ist sehr groß geworden, und wenn ein Spaziergänger, ein Fußwanderer bei uns am Zaun stehen bleibt, eilen wir zum Tor und bitten ihn herein. Denn eine Ansprache am Sonntag, nachdem unsere Kinder und Enkel am Sonntag auch nicht mehr zu uns kommen, muß der Mensch ja haben.

# Der Stein auf der Autobahn

Eine Fuhre Kies rollt über die Autobahn. Ein Lastwagen voll kleiner Kieselsteine, im Kieswerk gebrochen, in Eile aufgeladen und nach Petersdorf verfrachtet, wo sie für einen Kirchenbau Verwendung finden sollen. Die alte Dorfkirche aus dem 18. Jahrhundert, ein schmuckloser Bau, unter den Einwirkungen des letzten Krieges arg mitgenommen, in den Nachkriegsjahren immer nur notdürftig geflickt und ausgebessert, reicht nicht mehr aus für die Gemeinde der Gläubigen. Das Dorf hat sich durch die Ansiedlung einer Industrie sehr vergrößert, Fremdarbeiter aus Italien, Griechenland und Spanien füllten sonntags die kleine Dorfkirche, und viele fanden keinen Platz mehr und mußten durch die offene Kirchentür den Gottesdienst im Freien anhören – eines Tages beschloß man nun, eine neue Kirche in Petersdorf zu bauen, und so rollte aus dem zwanzig Meilen entfernten Kieswerk über die kurze Strecke der Autobahn ein Kieswagen nach dem andern zur Baustelle.

Ein Kiesel nun, ein Kieselstein, war mit seiner Bestimmung nicht einverstanden. Als er noch im Berg lag, inmitten seiner Brüder, von Sand und alten Fichtenwurzeln umgeben, hatte er schon recht unchristliche Reden geführt. Sagt nicht, daß Steine nicht reden können, auch nicht, daß sie sich im Charakter nicht unterscheiden. Es gibt gute Steine und böse Steine, rebellische, die am liebsten, auf eine Schleuder gelegt, Böses anrichten möchten, alles zerstören, was sie an Vollkommenem finden, Leben vernichten, und wenn Kinder mit Steinen nach Katzen werfen, sind es immer dieselben Steine, die treffen, die bösen, die bösartigen, wie ja auch ein Ziegel, der vom Dach fällt, genug Zeit hat, sich während des Fallens den Platz neben dem Menschen auszusuchen und ihm nicht just auf den Kopf zu fallen.

Als unser Kieselstein jetzt von den Bauarbeitern hörte, daß er für einen Kirchenbau bestimmt sei, begann er sofort lästerlich zu fluchen, als ob er Schnaps getrunken hätte, aber es war nur eine giftige Morchel, die er zerdrückt hatte und in deren Saft er gelegen war, bis ihn der Bagger erfaßte und auf den Lastwagen auflud. Er hörte mit dem Schimpfen nicht auf, als der Wagen schon vollbeladen zu rollen begann. Er lag obenauf und hielt aufhetzerische Volksreden, aber die anderen Kiesel achteten nicht auf ihn, im Gegenteil, sie freuten sich ihrer Bestimmung, ihr weiteres Leben in einem Gotteshaus untergebracht zu werden, wo sie durch den Putz hindurch feierlich gekleidete Menschen zu sehen bekämen, Orgelmusik und Glockengeläut hören würden – sie hatten das große Los gezogen gegen die anderen, die in einem Fabrikbau ihre Zukunft fanden, der vom Lärm der Maschinen dröhnte, oder in einer Branntweinschänke, zu der die letzte Fuhre ihrer Brüder hingefahren worden war. Sie nahmen also von den lästerlichen Flüchen des rebellischen Steines keine Notiz, der bis in den Kern seines Herzens hinein so böse war, daß er lieber während der Fahrt abspringen und sich der Gefahr aussetzen wollte zu zerschellen, ehe er sich in eine Kirchenmauer einmauern ließ. Bei Kilometerstein 33, unweit der Ausfahrt nach Petersdorf, unternahm er diesen selbstmörderischen Sprung, während der Wagen über eine Brücke fuhr, und landete ohne Schaden an seinen scharfen Kanten auf der Autobahn. Noch vom Fall ein wenig betäubt, erwachte er bald wieder und spähte nach allen Seiten, was er Böses anstellen könnte.

Ein Sportwagen kommt daher, hat seine hundertzwanzig Sachen darauf. Ein Ehepaar sitzt darin, beide um die

Vierzig herum. Über das Ehepaar ist nichts zu erzählen. Nichts Gutes und nichts Schlechtes. Sie haben sich nichts mehr zu sagen, sind wie ein Rock und eine Hose, die seit Jahren über einem Bügel hängen. Sie haben füreinander taube Ohren, blinde Augen, tote Herzen. Der Mann sitzt am Steuer und ist gerade im Begriff, einen anderen Wagen, der vor ihm einen zweiten auf der linken Fahrbahn überholt, seinerseits zu überholen. Da erfassen die Reifen des Vordermannes just auf der Brücke den spitzen Kieselstein, schleudern ihn hoch und in die Windschutzscheibe des folgenden Wagens hinein.

Die Scheibe ist sofort blind, undurchsichtig. In letzter Minute gelingt es dem Ehemann, die Fahrt des Wagens zu verlangsamen, nicht das Brückengeländer zu durchbrechen und in den Abgrund zu stürzen, er rast ins Ungewisse weiter, mit hundert, achtzig, sechzig Stundenkilometern, er sieht nichts, aber er fährt nicht auf, wird nicht von hinten gerammt, und als er den Wagen endlich zum Halten bringt, bricht die milchige Wand der Windschutzscheibe nach innen, in zehntausend kleinen Splittern. Jetzt erst erkennt der Fahrer, wo er sich befindet: auf einer flachen Wiese neben der Autobahn.

Er blickt sofort auf seine Frau, die unter dem Hagel der Glasscherben neben ihm sitzt. »Gottlob, daß dir nichts geschehen ist, Maria!« sagt er zu ihr, mehr nicht, aber er schließt sie in seine Arme, so fest, wie er es seit zehn Jahren nicht mehr getan hat, und ihre Lippen finden sich in einem innigen Kuß. So innig, daß ihre ganze Jugend vor ihnen wieder aufsteht und zugleich die Trauer über die letzten verlorenen Jahre. Sie brauchen kein Wort, um sich zu verstehen, und der Chronist sieht inzwischen nach dem Kieselstein, der dies veranlaßt hat, der Böses wollte und Gutes tat, und erkennt, daß das Böse nicht allmächtig auf der Welt ist.

# Benjamin, mein Beifahrer

Einer zeigte mir den Vogel. Ich hatte eine kleine Unachtsamkeit am Steuer begangen, war aus einer Nebenstraße zu schnell eingebogen, der andere mußte bremsen, und als er mich jetzt überholte, hatte er das Fenster heruntergerollt und zeigte mir mit heftigen Gebärden den Vogel. Er schimpfte auch noch weidlich zu mir herüber, aber was er sagte, verstand ich gottseidank nicht.

Benjamin, mein Jüngster, acht Jahre, der neben mir saß, fragte: »Was wollte der Mann?«

»Ich weiß es nicht.«

»Warum hat er so gemacht?« Er deutete, wie es der andere getan hatte, mit dem Finger auf die Stirn. »Warum hat er dir den Vogel gezeigt?«

Jetzt konnte ich nicht mehr gut aus. Wenn der Junge schon wußte, was es heißt, jemandem den Vogel zu zeigen, mußte ich Farbe bekennen. »Vielleicht habe ich einen Fehler gemacht.«

»Das gibt es nicht. Du bist der beste Autofahrer von der ganzen Welt. Von dir können alle lernen. Mutti sagt es auch immer. Er darf dir einfach nicht den Vogel zeigen! Du bist doch nicht dumm! Außerdem bist du mein Vater. Mit meinem Vater macht man das nicht!«

»Vergiß es! Nimm's nicht so wichtig!«

Benjamin aber nahm es wichtig. Er schien nachzudenken. Nach einer Weile fragte er: »Hast du wirklich einen Fehler gemacht, Papa?«

»Schon möglich. Warum fragst du?«

»Nur so«, sagte mein kleiner Sohn und war von dieser Minute an sehr einsilbig.

Er blieb es noch eine lange Zeit. Er erzählte daheim nichts seiner Mutter von unserer Autofahrt, und in der Nacht schlief er sehr unruhig, weinte im Schlaf, schrie im Traum oft auf, und am nächsten Morgen verfolgte er mein Tun am Frühstückstisch, wie ich mir die Semmel strich, den Kaffee einschenkte, wie ich aß und wie ich mir meine Morgenzigarre anbrannte, mit trotzigem Mißtrauen. Als mir nun gar noch das Malheur passierte, daß mir versehentlich die Asche meiner Zigarre auf das weiße Tischtuch fiel, ich sie wegzublasen versuchte und sie dabei in die Butterdose staubte, deutete er mit einem Seitenblick auf seine Mutter, ihr Einverständnis erheischend, mit dem Finger auf seine Stirn und zeigte mir den Vogel.

Meine Frau gab Benjamin sofort einen heftigen Klaps und schickte ihn vom Frühstückstisch weg. Als er maulend ging, blieb er noch einmal in der Tür stehen, den einen Fuß schon draußen, und krähte aufbegehrend: »Der Mann im Auto hat's auch gemacht! Papa ist gar nicht fehlerfrei!« Damit rettete er sich durch die Tür in die Freiheit.

Alles auf der Welt renkt sich einmal wieder ein, aber es brauchte doch eine gewisse Zeit, ehe der Junge sein Vertrauen zu mir wiedergewann und mein väterlicher Thron nicht mehr auf wackeligen Füßen stand. Das Herz eines Kindes ist wahrhaft wie weiches Wachs, und so war es auch bald wieder zurechtgeknetet, wenn es erst auch vieler Beweise meines Könnens bedurfte, einen Salamander zu fangen, eine Katze, die ins Wasser gefallen war, zu retten, einen Drachen steigen zu lassen und durch manche Zauberkunststücke, die ich eigens für ihn einstudiert hatte und ihm am Abend vorführte, seine Bewunderung für den Vater ohne Tadel zurückzugewinnen.

Als wir eines Tages im Auto wieder zusammen über Land fuhren, mein Sohn Benjamin und ich, passierte dies: Ein fremder Wagen folgte uns schon die ganze Zeit, er hielt keinen Abstand, blieb immer fünf Meter hinter mir, und als ich plötzlich bremsen mußte, fuhr er hinten in mich hinein. Wütend und voller Zorn, den ganzen Grimm über seine rücksichtslose Fahrweise in mir, stieg ich aus, trat zu ihm ans Fenster und wollte schon zu einem heftigen Donnerwetter ansetzen, wo man ihn ausgelassen und ob er seinen Führerschein im Lotto gewonnen habe, am hellichten Tag total besoffen und was man sonst noch in solchen Fällen von sich zu geben pflegt. Dann aber sah ich kurz in den Wagen, besann mich und sagte nur: »Zum Glück ist nicht viel geschehen. Freuen wir uns, daß nichts Ärgeres passiert ist!«

Als wir weiterfuhren, fragte mich Benjamin: »Du warst doch im Recht? Warum hast du ihn nicht beschimpft und ihm den Vogel gezeigt?«

Ich sagte ruhig: »Ein kleiner Junge, so alt wie du, saß neben ihm ...«

# Der Mann ohne Wagen

Zum Liebhaber, Freund, Flirt, Anbeter, Ritter, Verehrer, Hofmacher und Freiersmann gehört ein Schlitten. Sonst ist sein Feinsliebchen, seine Dame, sein Schätzchen, sein Engelchen und Herzblättchen nicht lange mit von der Partie und wünscht den Ritter ohne Auto bald ins Land, wo der Pfeffer wächst. Oder traut sich einer von uns Männern noch, sein Liebchen sonntags in die Eisenbahn zu verfrachten? Wagt er, ihr anzubieten, mit der Straßenbahn am Sonntag ins Freie zu fahren und von der Endstation zu Fuß zu gehen?

Anneliese Römer und Gerhard Zöllner waren ein gutes Liebespaar. Sie schrieb Schreibmaschine in einem großen Versicherungsbüro, hundert Mädchen an hundert Schreibmaschinen, und er saß als Jungbuchhalter in einer Bank. Sie kannten sich seit Jahren. Zum Wochenende nahmen sie eine Sonntagsrückfahrkarte an den Chiemsee, badeten, segelten, ruderten oder liefen auf dem Eis, je nach der Jahreszeit, sie hatten im Rucksack ihr Zelt oder im Winter ihre Skier zwischen den Knien, aßen in einem gemütlichen Gasthof fern von den Autostraßen, oder wenn sie am Sonntagmorgen mit der Straßenbahn bis zur Endstation fuhren, machten sie einen langen Spaziergang durch die Wälder, das Flußtal entlang, durch kleine Dörfer und an blühenden oder fruchttragenden Bäumen vorbei, und sie hatten sich viel auf ihren Wegen zu erzählen. Fuhren sie dann am Abend in die Stadt zurück, waren ihre Lungen voll frischer Luft, ihre Herzen voll Heiterkeit, ihre Wangen gerötet, und in ihren Augen leuchtete das Glück. Über ihre Zukunft sprachen sie nicht, denn was ein kleiner Angestellter in jungen Jahren ist, der kann sich keine Zukunftspläne leisten, wenn er mit jedem Pfennig rechnen muß.

Eines Tages fiel Gerhard eine Veränderung an Annelieses Verhalten auf. Wenn sie sich an den ersten Abenden der Woche trafen, erschien Anneliese sehr gedrückt und einsilbig.

»Was ist mit dir, Anneliese?«

»Ach – nichts«, sagte Anneliese.

»Liebst du mich nicht mehr?«

»Das hat mit uns nichts zu tun.«

»Verbirgst du mir etwas?«

»Was sollte ich dir verbergen?«

»Du bist an den ersten Abenden der Woche, wenn ich dich vom Büro abhole, stets so verändert. Später geht es dann wieder, aber am Dienstag und vor allem am Montag – hast du Verdruß mit dem Chef?«

»Ach, der Chef! Der Chef ist in Ordnung. Aber die Kolleginnen! Du solltest sie einmal hören, Gerhard! Wenn sie am Montagmorgen ins Büro kommen, dann erzählen sie alle von ihren Autoausflügen, wo sie am Sonntag überall waren mit ihrem Mercedes, Volkswagen, Opel und Fiat – sie nennen ihre Liebhaber schon gar nicht mehr mit dem Namen Hans, Fritz und Franz oder Herr Müller, Herr Möller oder Herr Meier – sondern sie gehen mit einem Opel oder Ford oder Fiat und haben diesmal den Volkswagen stehen lassen, weil ein Mercedes ihnen schöne Augen gemacht hat. Zum Mittagessen am Montag in der Kantine, da wirbelt es nur so von Autonamen!«

»Dumme Hühner!« sagte Gerhard.

»Wenn sie mich dann fragen, was ich am Sonntag erlebt habe, und ich ihnen erzähle, daß ich in Garmisch war, fragen sie: ›Mit wem?‹ – ›Mit Gerhard‹, sage ich. – ›Welche Marke?‹ – ›Eisenbahn‹, sagte ich. ›So‹, sagen sie dann nur und rümpfen die Nase, und ich tue ihnen leid, und sie laden mich ein, nächstes Wochenende mit ihnen zu kommen, ihr Opel habe einen Porsche, der mich gern kennengelernt hätte, oder ob ich am Abend einmal mit einem Citroën essen gehen möchte. Sie meinen es nicht böse, ich tue ihnen nur leid, weil ich einen Mann liebe, der keinen Wagen hat.«

»Zum Wagen reicht es nicht, Anneliese.«

»Wenn wir uns einen über Sonntag leihen?«

»Sind wir nicht auch so glücklich, Anneliese?«

»Sehr glücklich, Gerhard.«

»Sind wir nicht bis über beide Ohren ineinander verliebt?«

»Die Ohren könnten so lang sein wie bei einem Esel«, sagte Anneliese zärtlich. »Es ist nur das Büro, daß ich nicht immer vor meinen Kolleginnen am Montag so armselig dastehe mit unserer Sonntagsrückfahrkarte.«

»Dann solltest du nicht mehr ins Büro gehen!«

»Ich brauche das Geld.«

»Verflixt und zugenäht!« rief Gerhard. Dann überlegte er, was zu tun sei. Er dachte hin, er dachte her. Sogar einen winzig kleinen Gebrauchtwagen sah er sich an. Dann ging er zu seinem Chef.

Als er von seinem Chef wiederkam, eilte er sofort zu Anneliese. Er wartete, bis er sie aus der Tür treten sah. »Ich habe mit dem Chef gesprochen!« rief er aufgeregt. »Ich habe eine Gehaltserhöhung bekommen. Jetzt ist es so weit. Jetzt können wir.«

»Uns einen Wagen kaufen?«

»Nein. Das nicht. Das ist auch jetzt nicht mehr nötig. Du wirst dich im Büro nicht mehr kränken. Wir heiraten.«

»Heiraten? Wir zwei?«

Sie fiel ihm um den Hals und küßte ihn, wohin die Küsse trafen. Sogar sein Handschuh bekam einen Kuß ab.

»Heiraten? Wir zwei?«

»Ja«, sagte Gerhard und lachte, »schon deswegen, damit

du dich im Büro nicht mehr kränken mußt. Wenn sie dich dann am Montag fragen, wo du am Wochenende warst, wirst du sagen können: ›Mit meinem Mann auf dem Standesamt!‹ Da werden sie alle erblassen und dich beneiden, denn ›Mit meinem Mann auf dem Standesamt‹ klingt tausendmal besser als mit dem Mercedes in Mailand, mit dem Fiat in Florenz und mit dem Porsche in Bozen . . .«

# Ärger mit dem Architekten

Als ich mir ein Haus bauen wollte, begann der Ärger mit dem Architekten. Schon beim Kauf des Grundstückes fingen wir an zu streiten.

»Das Haus sollte an einem kleinen Bach stehen«, schlug der Architekt vor, »mit einem alten Baumbestand, etwas erhoben, auf einer Anhöhe mit einem weiten Blick über die Gegend.«

»Ich bin kein Nabob. Ich muß den Grund nehmen, wo ich ihn preiswert kaufen kann.«

Mein Architekt widersprach: »Wenn das Haus erst steht, ist der Preis für den Grund vergessen.«

»Ich werde jedes Quartal durch die Zinsen daran erinnert.«

»Kleinbürger«, sagte mein Architekt.

Man sieht, wir waren befreundet.

Bei den Bauplänen gerieten wir abermals in Streit.

»Zwei Schlafzimmer!« sagte der Architekt.

»Aber nein!« widersprach ich. »Ich schlafe gern zu zweit.«

»Vornehmer ist einzeln. Auch gesünder.«

»Aufs Vornehme schaue ich nicht. Wenn ich mir kalte Füße hole, weil ich nachts über den Balkon zu meiner Frau gehe, ist dies auch nicht gesund.«

Dann schlug mein Architekt einen Wintergarten vor. »Kein modernes Haus ohne Wintergarten!« rief er. »Du kannst im Winter langstielige Nelken ziehen, Kakteen und Azaleen zum Blühen bringen, im März Flieder, im April Gladiolen und im Mai Schlangengurken.«

»Ich will kein Haus zum Spielen, sondern eines zum

Wohnen«, widersprach ich heftig, »ein Haus mit Luft, Licht und Platz, einem hellen Schlafzimmer, einem gemütlichen Wohnraum, einem bequemen Bad und einer winzigen Küche.«

»Warum soll die Küche winzig sein?« fragte mein Architekt. »Mir schwebt eine große Wohnküche vor mit einer gehobelten Eckbank, einem Eßtisch, einem gemütlichen gekachelten Herd, so daß jeder, der zur Küchentür hereintritt, begeistert ›Ah!‹ ruft.«

»Genau das ›Ah!‹ möchte ich vermeiden. Es soll keiner in die Küche gehen. Denn dort steht meine liebe Frau, und ich will nicht, daß die beim Kochen abgelenkt und gestört wird. Sonst versalzt sie die Suppe und verpfeffert den Braten.«

»Rindvieh!« sagte der Architekt.

Man sieht, wir waren *sehr* befreundet.

Als mein Architekt merkte, daß mit mir schwer zu streiten war und wir uns nicht einigen konnten, verlor er die Lust am Bau und schlug vor, ich solle doch besser gleich ein Fertighaus kaufen. Dagegen aber war ich. »Ich will ein Haus nach meinem Herzen und nach unseren Bedürfnissen und kein Schablonenhaus von der Stange. Ich will mir ein Haus selbst bauen, aus soliden Ziegeln und mit einem festen Dach, wo ich daneben stehe, während es gebaut wird. Ich will die Freude am Bauen haben, die Bausteine sehen, wenn sie abgeladen werden, die Balken, die Kieshaufen, die Zementsäcke, ich will die Arbeiter kennen, die an meinem Haus bauen, den Keller ausheben, die Türstöcke einsetzen, die Firstkrone aufbinden – ich will mit ihnen die Freude teilen, wie mein Haus wächst, auch mit ihnen streiten und ihren Rat hören, wenn wir nach Feierabend zusammen eine Flasche Bier trinken. Ich will ein Haus, das ich umbauen und anbauen kann, wenn einmal Kinder kommen, ohne daß es gleich ganz zusammenfällt – vor allem will ich ein Haus hinstellen, vor dem jeder Vorübergehende stehen bleibt und ausruft: ›Was für ein wohnliches Haus!‹ Man muß dem Haus von außen ansehen, daß darin eine glückliche Familie lebt, ein Mann von Verstand, der seine Frau lieb hat, daß er ihr ein solches Haus hingestellt hat, an alles gedacht hat, daß sie nicht über Stufen stolpert und das Tablett quer und nicht längs durch den Gang tragen kann. Es soll das Haus eines glücklichen Ehemannes werden, eines in seine Frau verliebten Ehemanns.«

»Geliebter Narr!« sagte mein Architekt.

Jetzt heißt es Farbe bekennen. Wir waren nicht nur sehr eng befreundet. Mein Architekt war meine Frau, die vor drei Jahren ihr Diplom gemacht hatte.

# Katzenfutter

Kitty besteht nur aus Tugenden.

Ich verschwende. Kitty spart. Aber Kitty geniert sich deswegen. Und da passierte dies:

Wir saßen im Ratskeller. Ich bestellte eine Kalbshaxe. Für vier Personen. Vom größten Kalb. Die Haxe kam. Die Haxe war teuer.

Mich focht der Preis nicht an.

Kitty brachte keinen Bissen hinunter. »Wenn ich bedenke –«

»Was bedenke, Kitty?«

»Für den Preis der Kalbshaxe –«

»Nun?«

»Mein neuer Hut war nicht teurer.«

Ich nickte: »Dann sieh dir den Hut an und die Kalbshaxe! Ich habe beides betrachtet. Gar kein Vergleich!«

Die Augen waren größer als der Magen.

Wir wurden der Kalbshaxe nicht Herr.

Über die Hälfte des Fleisches hing noch am Knochen.

»Da hast du's wieder!« sagte Kitty.

»Was habe ich?«

»Eine kleinere Kalbshaxe hätte es auch getan.«

Ich schaute über die Brille. »Der Mensch kann sich irren«, sagte ich kleinlaut. »Und der Wirt kann sich freuen.«

»Das wird der Wirt eben nicht«, sagte Kitty, »ich nehme die Kalbshaxe mit.«

»Das kannst du nicht.«

»Warum nicht?«

»In einem so vornehmen Lokal! Wie sieht das aus!«

»Praktisch!« sagte Kitty. Damit hatte sie recht. »Die Kalbshaxe gibt es morgen daheim zum Mittagessen«, sagte sie, »ich lasse sie uns einpacken.«

»Wir sind beim Kellner unten durch, wenn du das tust.«

Kitty lächelte, ihrer Sache sicher. »Laß mich nur machen!« Sie winkte dem Kellner. »Herr Ober!«

»Gnädige Frau?«

Kitty sah ihn treuherzig an. »Wir haben daheim Katzen«, sagte sie. »Bitte packen Sie uns den Knochen für unsere Katzen daheim ein.«

»Sehr wohl, gnädige Frau.« Der Kellner sagte es und ging mit der Platte.

Kitty kam sich sehr diplomatisch vor.

Fünf Minuten später kam der Kellner an unseren Tisch zurück. Er brachte ein Riesenpaket. »Das Katzenfutter!« sagte er.

»So viel?«

Der Kellner, überaus höflich: »Bei so guten Gästen wie Ihnen . . . Ich habe noch ein paar von anderen Tischen abservierte abgenagte Hühnerknochen dazugepackt.«

# Sensationspremiere

Vor einer Stunde war ich in Paris angekommen.

Der erste, den ich traf, fragte mich: »Haben Sie schon eine Karte?«

»Eine Karte? Wofür?«

»Für die Sensationspremiere heute abend.«

»Ein neues Stück?«

»Eine Uraufführung. Englischer Autor. Aufregender als Wallace.«

»Ein Thriller also?«

»Der tollste Kriminalreißer aller Zeiten. Blendende Besetzung. Die prominentesten Schauspieler. Ein amerikanischer Regisseur. Die Premiere ist seit Wochen ausverkauft.«

»Und der Titel des Stückes?«

»›Mord in der Parkstraße‹.«

»Klingt gut.«

»Ist noch besser. Weshalb die ganze Stadt fiebert und unbedingt bei der Premiere heute abend dabei sein will: Bis zum Schluß ahnt keiner, wer der Mörder ist. Erst kurz, ehe der Vorhang fällt, nach drei Stunden atemloser Spannung – es soll eine tolle Überraschung geben –, erfährt man es.«

Ich liebe Kriminalstücke. Ich liebe sie leidenschaftlich. Ich lauere auf den Täter. Von der ersten Minute an. Mir entkommt kein verdächtiges Wort, keine noch so versteckte Harmlosigkeit. Ich sitze hellwach dabei. Wie mit dem Rechenstift verfolge ich alles. Ich fiebere förmlich, meine Pulse schlagen, mein Herz klopft. Ein gutgebauter Kriminalreißer gehört zu meinen schönsten Lebensfreuden. Und nun? Die Premiere war seit Wochen ausverkauft. Die Kartenpreise waren unter der Hand auf das Zwanzigfache gestiegen. Ich mußte für einen Platz in der Loge ein Vermögen bezahlen. Aber ich zahlte es.

Erregt, mit fliegenden Nerven betrat ich ein wenig verspätet den bereits verdunkelten Zuschauerraum. Der Vorhang hob sich gerade, als der Logenschließer mich zu meinem Platz führte. »Sind Sie mit dem Platz zufrieden, mein Herr?« Er hielt die Hand offen.

Ich achtete nicht darauf. »Ja. Danke«, sagte ich.

»Soll ich den Hut in der Garderobe abgeben?«

»Nein. Danke.« Ich dachte, er ginge.

Er ging nicht. Er blieb hinter meinem Stuhl stehen. »Ein Programm gefällig?«

»Nein. Danke.«

»Es ist mit Fotos.«

»Danke. Nein.«

»Vielleicht ein Opernglas, mein Herr?«

Auf der Bühne spielte man bereits. Ich saß aufgeregt. Winkte nervös ab.

»Opernglas gefällig?« wiederholte der Logenschließer.

»Nein. Danke.« Ich dachte, jetzt hätte ich Ruhe. Ich hatte sie nicht.

»Wünschen der Herr zum Schluß einen Wagen?«

»Nein.«

»Keinen Wagen?«

»Nein. Nein.«

»Aber vielleicht jetzt etwas Schokolade?«

»Ich will nichts. Danke.« Ich war fuchsteufelswild. Die Vorstellung begann sehr erregend. Ich wollte nichts verpassen.

»Auch nicht ein Glas Sekt in der Pause, mein Herr?«

»Nein, zum Donnerwetter!«

»Oder ein paar Sandwiches?«

»Gar nichts! Scheren Sie sich zum Teufel!«

Da schien er endlich gemerkt zu haben, daß bei mir

nichts zu verdienen war. Und ich erlebte die fürchterliche Rache eines gekränkten Logenschließers, dessen Dienste ich nicht angenommen und mit ein paar Francs honoriert hatte. Er beugte sich tief zu mir herunter, deutete mit der ausgestreckten Hand auf die Bühne und zischte mir haßerfüllt ins Ohr: »Der Gärtner ist der Mörder!«

# Das Rätsel

Der junge Mann blieb vor ihr stehen. Er zog seinen Hut. »Sie heißen Hermine?« fragte er ernst.

»Wie bitte?«

»Heißen Sie Hermine? Ja oder nein?«

»Ich heiße Hermine«, gab die Angesprochene zu, »aber ich kenne Sie nicht.«

Der junge Mann sah ihr tief in die Augen. »Ich kenne Sie auch nicht. Ich sehe Sie heute zum ersten Mal. Dennoch weiß ich, daß Sie Hermine heißen, daß Sie verheiratet sind, eine Dreizimmerwohnung haben und daß Ihr Mann Bruno heißt und Ihre Ehe zu Brunos Kummer bis heute kinderlos geblieben ist. Stimmt das?«

Hermine stand überwältigt. Ihre Arme hingen ihr hilflos am Körper.

»Sie hatten vorgestern große Wäsche und hängten siebenundvierzig Stücke auf dem Balkon auf«, fuhr der Fremde fort.

»Ach! Sie wohnen in der Nachbarschaft?«

Der junge Mann zeigte ihr seinen Paß. »Ich war noch nie in Ihrer Stadt. Ich bin heute früh aus Bukarest hier angekommen. Da ist mein Paß mit dem Grenzstempel von heute. Bitte, überzeugen Sie sich!«

Hermine überzeugte sich. Sie stieß hervor: »Woher wissen Sie dann alles?«

»Ich weiß noch viel mehr«, fuhr der junge Mann geheimnisvoll fort. »Ihr Mann ist städtischer Beamter, er arbeitet im gleichen Büro mit einem Herrn Flemming zusammen. Herr Flemming ist verheiratet, seine Frau ist blond gefärbt und hat sich kürzlich einen Hut gekauft, der ihr überhaupt nicht steht.«

»Sie kennen sicher Frau Flemming?«

»Ich schwöre: Ich habe Frau Flemming noch nie gesehen! Aber kommen wir zu Ihnen zurück: Sie sind seit acht Jahren verheiratet, Sie hätten damals eine bessere Partie machen können, aber Sie entschlossen sich zu Bruno wegen seiner Pension als Beamter. Ihr Mann geht jeden Samstag kegeln und ist das letztemal erst zwei Uhr früh heimgekommen. Weiter: Ihre Frau Mutter hat Ihnen vor drei Tagen einen Brief geschrieben, in dem sie ankündigt, daß sie auf acht Tage zu Besuch kommt. Daraufhin hatten Sie einen Streit mit Ihrem Mann, dem Sie vorwarfen, daß Sie vor drei Jahren seinen Bruder auch durchgefüttert hätten, als er seine Stellung wegen Unregelmäßigkeiten beim Gaswerk verlor.«

Hermine zitterte am ganzen Körper. »Woher wissen Sie denn das alles?«

Der junge Mann winkte ab: »Sie konnten Ihren Mann dann damit versöhnen, daß Sie ihm eine gute Suppe kochten. Ihr Mann ißt leidenschaftlich gern Suppen. Wenn der Haussegen schief zu hängen droht, kochen Sie ihm schnell eine Suppe. Das versöhnt ihn. Deswegen ist Bruno Ihnen bis heute auch treu geblieben, weil keine andere Frau so gute Suppen kochen kann. Stimmt das?«

»Das grenzt an Zauberei!«

»Ich bin auch ein Zauberer!«

»Mein Gott!« seufzte Hermine erschüttert.

Der junge Mann lächelte zum ersten Mal. »Sie können daran teilhaben, meine Dame. Für zwanzig Mark weihe ich Sie gern in mein Geheimnis ein.«

»Ich werde dann auch in der Lage sein, das Leben unbekannter Menschen bis in die intimsten Dinge zu kennen?«

»Bestimmt, meine Dame!«

Da nestelte Hermine aus ihrem Portemonnaie einen

Zwanzigmarkschein hervor und überreichte ihn zitternd dem Fremden. »Und wie muß ich es machen?«

Der junge Mann sagte leise: »Genau so wie ich. In der Straßenbahn fahren. Ich habe nämlich vor zehn Minuten in der Straßenbahn hinter Ihnen gestanden und genau gehört, was Sie Ihrer Freundin erzählten.«

# Das Lexikon

Otto hat ein Wort nötig, Otto möchte gern wissen, wie man »Bürokratie« schreibt. Und da Otto kein Lexikon hat und sich auch kein Lexikon kaufen möchte, beschließt er, in die städtische Bücherei zu gehen und dort im Lexikon nachzusehen.

Gedacht, getan. Vor dem Tor mustert mißtrauisch der Portier den Eintretenden. »Wohin?«

»In die städtische Bücherei.«

»Geradeaus. Mittlerer Gang. Rechte Tür.«

»Danke.«

Hinter der Tür steht schon wieder einer und ruft: »Schirme und Stöcke sind abzugeben!«

»Verzeihen Sie«, sagt Otto, »ich will nur auf einen kurzen Sprung – ich will nur etwas nachsehen – ich komme sofort zurück –«

»Schirme und Stöcke sind abzugeben!«

»Aber ich will doch nur ganz schnell . . .«

»Vorschrift ist Vorschrift. Hier ist Ihre Marke!«

Otto wird der Stock aus der Hand gerissen, Otto wird eine Marke in die Hand gedrückt, dann darf Otto weitergehen, geradeaus, den mittleren Gang entlang. Da stößt er wieder auf einen, der fragt: »Wohin?«

»In die städtische Bücherei.«

»Da sind Sie! Wohin wollen Sie hier?«

»Ich möchte gern etwas nachsehen.«

»Was nachsehen?«

»Ein Wort im Lexikon.«

»Sie wollen also im Lexikon etwas nachlesen?«

»Ja.«

»Lesesaal zweiter Stock, dritte Tür links.«

»Danke.« Otto steigt in den zweiten Stock zur dritten Tür links.

Am Eingang sitzt ein Mann. »Ihren Ausweis!«

»Was für einen Ausweis?«

»Ihre Lesekarte.«

»Ich habe keine Lesekarte.«

»Ohne Lesekarte kommen Sie hier nicht herein.«

»Aber –«

»Lesekarten bekommen Sie im fünften Stock, fünfte Tür rechts.«

Otto klettert in den fünften Stock. Er muß zwanzig Minuten warten. Endlich ist er an der Reihe. »Ich möchte eine Lesekarte haben.«

»Für ein Semester?«

»Nein. Nur für einen Tag.«

»Für wann?«

»Für heute.«

»Das geht nicht.«

»Warum nicht?«

»Tageskarten werden nur zwischen zehn und elf Uhr ausgestellt.«

Otto wird leise unruhig. »Verzeihen Sie bitte, daß ich frage«, beginnt er, schon ein wenig heftig, »aber warum ist dann dieses Zimmer jetzt am Nachmittag geöffnet?«

»Wir haben nicht geöffnet. Wir haben nur offen.«

»Was ist da für ein feiner Unterschied?«

»Wir haben nur offen für Leute, die dringend eine Karte brauchen.«

»Ich bin ein solcher.«

»Wieso?«

»Ich brauche dringend eine Karte.«

»Dann müssen Sie einen Dringlichkeitsantrag stellen«, sagt der Beamte. »Formulare hierzu erhalten Sie im sechsten Stock, achtzehnte Tür links. Dem Antrag ist beizufügen Geburtsschein, Einwohnermeldeschein, Leumundszeugnis, letzte Steuerquittung und Strafregisterauszug. Ferner ist anzugeben, ob und warum Dringlichkeit vorliegt.«

»Aber verehrter Herr«, schreit Otto erbost, »ich will doch hier nicht Ehrenmitglied werden! Ich will doch nur ein Wort im Lexikon nachsehen, ein Wort, ein einziges Wort.«

»Dann brauchen Sie keine Lesekarte!«

»Nein?«

»Nein.«

»Aber der Beamte im Lesesaal sagte, daß ich ohne Lesekarte nicht in den Lesesaal darf!«

»Da hat er recht. Was wollen Sie denn im Lesesaal? Sie wollen doch nicht das Lexikon lesen, sondern nur im Lexikon nachsehen. Das können Sie auch ohne Lesekarte im etymologischen Kabinett, Erdgeschoß!«

Otto schleicht die fünf Stockwerke zum Erdgeschoß hinunter. Jetzt weiß er, warum man den Stock abgeben muß. Man könnte sonst vor Wut etwas zerschlagen. Vor dem Kabinett steht keiner an der Tür. Otto kann also ungehindert eintreten. Er geht zum Schalter. »Kann ich hier ein Lexikon haben?«

»Da müssen Sie einen Antragsschein ausfüllen.«

»Geben Sie mir bitte einen.«

»Schalter acht.«

Otto geht zum Schalter acht. Otto füllt den Antragsschein aus. Otto reicht ihn zurück.

»Schalter vierzehn.«

Otto geht zum Schalter vierzehn und gibt den Schein ab.

Der Beamte stempelt »Genehmigt« darauf und gibt den Schein zurück.

»Kann ich jetzt das Lexikon haben?«

»Wenden Sie sich an Schalter zwei.«

Otto wendet sich. »Ich möchte ein Lexikon.«

Der Beamte schiebt Otto einen Zettel hin. »Schreiben Sie Ihre Wünsche auf den Bücherzettel.«

Otto schreibt sie. Otto schreibt: »Ein Lexikon.« Otto gibt den Zettel ab. Otto bekommt dafür eine Nummer.

»Ihre Nummer wird aufgerufen. Warten Sie auf der Bank.«

Otto hat die Nummer 333.

Der Beamte ruft gerade: »Nummer 27 bis 31.«

Nach einer Stunde hört Otto: »Nummer 333 bis 346.« Otto eilt zur Ausgabe. Otto erwartet sein Buch. Otto erhält seinen Zettel zurück. Darauf steht: »Nähere Angaben?«

»Wieso?« fragt Otto.

»Sie müssen angeben, was für ein Lexikon Sie wünschen«, erklärt der Beamte. »Wir haben hier das große Konversationslexikon, das kleine Konversationslexikon, das Glossarlexikon, das Onomastiklexikon, das Idiotiklexikon, das etymologische Lexikon, das Synonymenlexikon, dazu noch zweihundert Spezialwörterbücher. Der nächste Herr bitte!«

»Das ist mir zu hoch!« brüllt Otto böse. »Ich will doch nur ein ganz gewöhnliches Wörterbuch, weil ich nachsehen will, wie ein Wort geschrieben wird!«

»Dazu genügt doch ein Wörterbuch!«

»Freilich!« sagt Otto und gibt wieder einen Zettel ab. Otto bekommt diesmal die Nummer 4711. Otto muß vier Stunden warten. Dann erhält er sein Wörterbuch. Otto macht sich auf die Suche nach dem Wort Bürokratie.

Bei Bäbe fängt er an. Liest weiter über Bälgetreter, Blähhals, Bratapfel. »Buntschuh – Bunker – Bunze – Bürde – Bürzel?«

Otto liest wieder zurück nach vorn, von vorn wieder nach hinten. Das Wort Bürokratie ist nicht vorhanden.

Otto trägt das Buch zurück. »Hier stimmt etwas nicht! Hier fehlt etwas!«

»Wieso?«

»Das Wort Bürokratie steht nicht darin.«

»Ausgeschlossen!« sagt der Beamte und schaut Otto über die goldene Brille hinweg mißtrauisch an. »Geben Sie mir das Buch – Buntschuh – Bunker – Bunze – Bürde – Bürzel – natürlich! Hier fehlt ein Blatt!«

»Sehen Sie!« sagt Otto stolz. Er hätte nicht stolz sein sollen.

Der Beamte durchbohrt ihn mit den Augen. »Wann haben Sie sich das Buch geliehen?«

»Jetzt werden Sie aber putzig! Sie haben es mir doch gegeben.«

»Ich arbeite nur nach Zettel und Nummer. Also wann?«

»Vor fünf Minuten.«

»Dann müssen Sie den Band ersetzen. Beschädigungen müssen sofort beim Empfang beanstandet werden, sonst ist der Entleiher gemäß der städtischen Leseordnung voll haftbar. Widerspruch hat gar keinen Zweck, guter Mann, Sie haben sich durch Unterschrift des Antragsscheines den Bedingungen unterworfen. Wo kämen wir denn hin, wenn sich jeder Mensch aus jedem Buch eine Seite herausreißen wollte? Was würden Sie sagen, wenn Sie ein Buch erhalten und gerade die Seite fehlt, die Sie interessiert?«

Otto sagt gar nichts. Otto sieht rot vor den Augen und geht wie ein Tiger los. Als er wieder zu sich kommt, sitzt er im Gefängnis.

Vor ihm steht der Wärter: »Haben Sie einen Wunsch, Gefangener? Schreibmaterial? Bücher?«

»Ja«, sagt Otto und seufzt tief, »geben Sie mir schnell ein Lexikon, wo das Wort Bürokratie vorkommt. Als freier Mann habe ich zwanzig Beamte um Erlaubnis fragen müssen, habe Zettel ausgefüllt, bin von Pontius bis Pilatus geschickt worden, mußte fünf Stunden warten und habe es nicht bekommen. Jetzt bin ich kein freier Mann mehr, jetzt sitze ich im Loch, jetzt möchte ich einmal wissen, wie lange es da wohl dauert.« Eine Minute später hält Otto das Lexikon in der Hand. Und er liest: »Bürokratie – eine von Spöttern erfundene Bezeichnung für einen nicht vorhandenen Zustand umständlicher Amtshandlungen.«

# Weihnachtswunschzettel meines Katers

Wenn mein Kater Punki schreiben könnte, bekäme ich von ihm bestimmt zu Weihnachten einen Wunschzettel. Ich sehe es ihm an, was er sagen möchte. Da ich seine Sprache verstehe – denn wir sind schon zehn Jahre beisammen, ich habe seine sechs Frauen, die er hintereinander hatte, kennengelernt, seine Kinder spielten zu meinen Füßen, vor einem Jahr fiel er bei einer Liebesserenade vom Dach und hinkt seitdem ein wenig – ich darf mir also getrauen, in seinem Namen und im Namen aller Katzen, die bei euch herumsitzen und herumschnurren, einen Weihnachtswunschzettel der Katzen niederzuschreiben.

»Meine lieben Menschen!« müßte er beginnen. »Ich sehe es euch an, daß der Tag nicht mehr fern ist, wo wieder ein süßduftender Baum im Zimmer steht, auf dem wir nicht herumklettern dürfen, und wo ihr jedesmal schrecklich böse werdet, wenn wir so lange mit einer der glitzernden roten Glaskugeln spielen, bis sie herunterfällt und zerbricht. Seid nicht böse darum, wir tun es ja nicht mit Absicht, es ist uns selbst äußerst unangenehm, und wir erschrecken jedesmal sehr, wenn es passiert. Damit möchte ich meinen Wunschzettel beginnen: Ärgert euch nicht über uns, wenn wir eine Dummheit machen. Wir tragen es euch ja auch nicht nach, wenn ihr über uns stolpert oder uns in der Eile den Schwanz in der Tür einklemmt, uns gedankenlos die Nacht über in die Speisekammer einschließt und am nächsten Morgen böse seid, weil der Milchkrug zerbrochen am Boden liegt. Wißt ihr, wie glücklich ich war, als er zerbrach und ich dadurch meinen dicken Kopf wieder freibekam?

Denn dies ist auch ein Weihnachtswunsch: Denkt ein wenig an unsere Nächte. Es macht uns gar keinen Spaß, wenn wir nachts von unserem warmen Platz am Ofen in den kalten Gang hinausgetragen werden und Mäuse fangen sollen. Wir bleiben viel lieber im Zimmer, ihr braucht nur die Tür oder das Fenster einen Spalt breit offen zu lassen, daß wir hinaus und herein können, denn gelegentlich – ihr versteht mich schon. Der Platz am warmen Ofen ist nun einmal von alters her unsere Sehnsucht. Legt ein Kissen auf die Bank oder auf den Stuhl und bitte, bitte keine Zeitungen, die so häßlich riechen.

Ich habe mit Entsetzen von euch gehört, daß ihr dieses Jahr keine Gans braten wollt, sondern einen Filetbraten. Ja, liebe Menschen, denkt ihr denn gar nicht an uns? Das ist doch das Schönste an Weihnachten, die Knochen vom Gänsebraten, die mürben Knochen des langen Gänsehalses, der Leckerbissen des Kopfes, die gelben Pfoten, die wir roh bekommen und die wir herumziehen und verstecken können. Wie langweilig ist dagegen ein Filetbraten, keine Knochen, kein Abfall, keine fette Haut, die auf unseren Katzenteller kommen. Wenn wir bitten dürfen, so bratet eine Gans, und am zweiten Tag kocht frische Blut- und Leberwürste, welche Delikatesse! Sie haben so saftige dicke Wursthäute und nicht die hauchdünnen Zellophandärme, wie sie die vornehmen Würste tragen, die zwar herrlich riechen, aber der Geruch ist eine Lüge, wir fallen immer wieder darauf herein und sind dann tief enttäuscht. Denkt beim Wursteinkauf auch an uns Katzen, es gibt Metzger, die echte Därme verwenden. Kauft bei ihnen! Und dann haben wir noch einen Wunsch: rohe Leber! Sie ist für uns das Gesündeste, was es gibt. Wißt ihr noch, damals, als ich krank war und ihr den Doktor gerufen habt? ›Frische Leber‹, hat der herrliche Mann gesagt, und ich bin sofort wieder gesund geworden. Bringt uns darum immer ein wenig Leber mit. Was macht es euch aus? Der

Haushalt kostet so viel Geld, wie ich euch immer klagen höre, da kommt es doch auf die wenigen Pfennige Leber für uns auch nicht mehr an.

Nun habe ich noch einen großen Wunsch, den ich kaum auszusprechen wage: Laßt uns mit euch essen! Es ist für uns eine entsetzliche Qual, die guten Düfte einzuatmen, euch zuzusehen, wie es euch schmeckt, und nicht betteln zu dürfen. ›Ihr bekommt später draußen!‹ ruft ihr uns zu, werft doch lieber die Knochen einfach herunter, ihr wißt nicht, was es für ein Gefühl ist, laßt uns darum mit euch zugleich essen, eure Kinder dürfen es ja auch, warum wir Katzen nicht?

Da wäre noch etwas, worüber wir Katzen uns immer kränken: Wenn ihr fort wart, auf einer Reise oder einen Tag auswärts, und ihr kommt heim, laufen wir euch genau so freudig entgegen wie eure Kinder. Bitte, begrüßt uns auch! Streichelt uns wenigstens einmal über den Rücken, daß wir wissen, ihr habt uns bemerkt. Denn wir freuen uns ja über euer Heimkommen genau so wie eure Kinder. Ich rede nicht davon, daß ihr uns etwas mitbringen müßt. Ich weiß nur vom Kater nebenan, daß sein Frauchen nie heimkommt, ohne ihm ein paar Knochen in einer Papierserviette mitzubringen. Sie läßt sich, wo sie ißt, die Knochen für ihn einpacken. Könntet ihr euch das auch angewöhnen?

Ein letzter, ganz bescheidener Wunsch, aber lacht bitte nicht darüber: Ich weiß, daß ich ein alter Kater bin und daß es jüngere und schönere Katzen gibt. Entschuldigt euch bitte nicht bei eurem Besuch wegen meines schäbigen Fells und daß ihr verpflichtet seid, mich zu behalten, weil ich schon zehn Jahre im Haus bin. Ich höre jedes Wort genau, und vom Großvater, der keine Haare und keine Zähne mehr hat, sprecht ihr ja auch nicht so. Und noch eines: Wenn der Besucher einen Hund mitbringt, sagt es mir vorher. Wir müssen uns nicht vertragen, wie ihr behauptet. Da hat der Hund seinen Ärger und ich meine Angst. Muß das sein? Ihr könnt es leicht vermeiden.

Gestern hörte ich mit Entsetzen, daß ihr das Sofa neu beziehen lassen wollt. Ich bitte euch: Unterlaßt das! Ich erinnere mich, wie es vor fünf Jahren war. Keine von uns Katzen durfte mehr auf das neubezogene Sofa. Meine damalige Frau, eine blutjunge Katze, mußte wochenlang aus dem Zimmer, nur weil sie einmal ihre Krallen an dem neuen Stoff probierte. Zu unserem Glück verlor Großvaters Schokoladentasse das Gleichgewicht und ergoß sich auf das Sofa. Von da an durften wir wieder hinauf und lieben seitdem Großvater heiß.

Das wäre mein Wunschzettel für Weihnachten. Wenn ich mir noch etwas wünschen dürfte: Laßt mich einmal über den Goldfisch! Ihr hört und seht ja nicht, wie eingebildet und frech er immer zu mir ist, wenn er in seinem sicheren Glas mir vor der Nase herumschwimmt. Das ist ein widerlicher Patron, ich verstehe nicht, daß ihr ihn mögt. Das wäre die schönste Weihnachtsfreude für mich, ihn einmal zwischen meine Krallen zu kriegen, diesen stumpfsinnigen Gesellen. Und nun wünsche ich euch ein frohes Fest und – ja richtig: Das Enkelkind soll mich nicht immer herumtragen, mit dem Kopf nach unten, ich will mich nicht wehren, denn so ein kleines Kind weiß ja noch nicht, was es tut, aber angenehm ist es bestimmt nicht! – Und behaltet mich lieb wie ich euch. Miau! Miau! Euer alter Kater Punki.«

# Eine Stola aus Nerz

Im »Rheinischen Klub«, einem Damenklub, der alle vierzehn Tage im vornehmsten Hotel der Stadt tagte, saßen sich die Damen bei Tee und kleinen Sandwichs gegenüber und besprachen, welches Wohltätigkeitsfest man dieses Jahr veranstalten könnte, wo man einerseits einen Gewinn für die Armen erzielen, andererseits aber seine neuesten Kleider und Pelze zeigen könnte. Das sind so die Sorgen der High Society, verständlich und verzeihlich.

Die bezahlte Schriftführerin des Klubs, Mutter zweier erwachsener Kinder, eines Sohnes und einer Tochter, sich in ihrer bescheidenen Rolle ein wenig unbehaglich unter den Allzuwohlhabenden fühlend, war eine verwitwete Frau Professor Duisberg, Witwe eines Dozenten für alte Sprachen. Ihr Mann gehörte zu den Gründungsmitgliedern dieses Klubs, und da Frau Duisberg sehr sprachgewandt war, hatte man ihr den nicht allzu hoch dotierten Posten einer Schriftführerin anvertraut, um dem Klub eine internationale Bedeutung zu geben, die sich in den Sprachen Englisch, Französisch und Italienisch, Neugriechisch und Spanisch ausdrückte.

Frau Duisberg war, recht betrachtet, in dieser Umgebung ein armes Veilchen. Das ganze Jahr trug sie nur einen Mantel, immer denselben, ein gutes solides Stück, auch ein wenig Pelz oben am Kragen und an den Ärmeln, aber was war das gegen die Persianerpracht der weiblichen Klubmitglieder, die Ozelots und Chinchillas, die Biber und Breitschwänze, mit denen sich die Damen schmückten? Die Bedeutung eines Mannes erkennt man an den Pelzen seiner Frau, pflegen sie daheim ihren Ehemännern zu erzählen, und was ein ordentlich bornierter, dummer Mann ist, der glaubt das auch und handelt danach.

Wenn sie wenigstens ihre Mäntel schweigend getragen hätten! Aber nein, wer die Mäntel nicht sah, mußte von ihnen hören.

»Ich habe daheim noch einen Platinnerz und einen Chinchillakragen«, berichtete die eine, als wenn es ihr Verdienst wäre, aber es war nur das Verdienst ihres Mannes, »mein Mann liebt an mir die weichen Pelze. Er sagt immer, es wäre meine zweite Haut.«

»Für alle Tage habe ich meinen Breitschwanz und meinen Ozelot, die jedes Jahr nach der Mode umgearbeitet werden«, sagte die Zweite.

Eine Nerzstola aber hatten sie alle. Sie gehörte zu ihnen wie der Hochmut der armen Leute auf eine Straßenbahnkarte gegen jene, die zu Fuß laufen müssen.

Frau Duisberg hörte sich das mit an. Sie war ja nicht taub. Eines Tages, der mitleidigen Blicke der reichen Pelzträgerinnen überdrüssig, sagte sie heiter: »Ich habe auch zwei Pelze. Einen sehr teuren Persianer und eine kostbare Nerzstola.«

»Sie?« staunten die Weibchen.

»Ich!« sagte Frau Duisberg mit frohem Stolz.

»Warum tragen Sie sie nie? Wo sind sie?«

Frau Duisberg lächelte, und ihre Augen strahlten. Sie sagte: »Mein Persianer studiert in Heidelberg Medizin, und meine Nerzstola ist in Paris an der Sorbonne.«

# Das Mädchen ohne Hoffnung

Die Sache begann damals so: Elisabeth, ein junges siebzehnjähriges Mädchen, hatte mit Freundinnen einen Skiausflug unternommen und war dabei so unglücklich gestürzt, daß die Bergwacht sie auf einer Bahre zu Tal tragen mußte, ein alltäglicher Unfall in den Bergen. Kein Arm und Fuß war gebrochen, man schob ihre Bewegungslosigkeit dem Schock des Sturzes zu. Aber bald stellte sich etwas viel Schlimmeres heraus: Zwischen dem neunten und zehnten Wirbel ihres Rückgrates waren die Knochen so unglücklich zersplittert, daß auch die leiseste Bewegung mit unerträglichen Schmerzen verbunden war. Der Fall schien hoffnungslos. Eine Operation war nicht möglich, und zweieinhalb Jahre lag das junge Mädchen fest in Gips eingeschlossen, ohne mehr als den Kopf ein wenig bewegen zu können.

Die Mutter, eine Witwe aus Aibling, fährt jeden Sonntag nach Tölz hinüber, wo ihr Kind im Krankenhaus liegt. Eine Stunde Bahnfahrt im engen Waggon der Kleinbahn, umgeben von sonntagsfrohen Menschen, oft nicht älter als ihre Tochter. Unaufhörlich rinnen ihr die Tränen über ihr gramdurchfurchtes Gesicht, sie ist erfüllt vom Schmerz der Hoffnungslosigkeit, wie sie ihr Kind heute vorfinden wird und was sie ihr zum Trost sagen soll. Es sind immer dieselben Worte.

»Du mußt tapfer sein, Elisabeth.«

»Ach, Mutter . . .«

»Eines Tages wirst du wieder gesund sein –«

»Ich werde nie wieder gesund, Mutter.«

»Doch, Kind. Die Ärzte haben es mir versprochen«, sagt sie und lächelt. Eine Mutter, die mit lächelndem Gesicht lügt, weint die Tränen nach innen. Sie weiß, die Ärzte haben es ihr gesagt, daß ihr Kind nie wieder gesund werden wird, nie wieder aufstehen kann, ein ganzes Leben lang, und sie ist erst gestern neunzehn Jahre alt geworden. Über zwei Jahre liegt sie schon hier, in diesem Zimmer mit fünf anderen Kranken, jungen und alten Frauen, frisch Operierten oder Genesenden, die morgen das Krankenhaus wieder verlassen werden. Wieviele Kranke hat Elisabeth von ihrem Bett aus kommen und gehen sehen, wieviel Glück junger Mütter, denen man ihr neugeborenes Kind in die Arme legt.

Alle sind sie wieder gegangen, gesund, wenn auch ein wenig schwach, zu ihrem Bett getreten. »Mach's gut, Elisabeth«, haben sie gesagt, »eines Tages kommst auch du hier heraus ... Du mußt nur fest daran glauben.«

Auch die Mutter sagte es heute zu ihr: »Du mußt an Gott glauben, Kind.«

»Ach, wie weit ist Gott ...«

Ein Krankenhaus kann ein Zuhause werden. Wenn erst zweimal der Christbaum hier für uns gebrannt hat und man schon zwei Geburtstage hier verlebte, ergibt man sich in sein Schicksal und fällt in tiefe Hoffnungslosigkeit. Nicht einmal zum Fenster kann man hinaussehen und hört nur von den anderen: »In acht Tagen beginnt der Flieder zu blühen!« oder: »Wie schön die Rosen da unten im Beet sind. Man spürt ihren Duft bis hier herauf!« Auch Elisabeth bekommt Blumen, sehr oft sogar, die Besucher der anderen Kranken, erschüttert von dem Schicksal dieses jungen Mädchens, teilen den Strauß, den sie mitgebracht haben, und stellen ihr ein paar Blumen ans Bett. Sie lächelt dankbar. Am liebsten ist es ihr, wenn man ihr ein Stück Seife mitbringt, gute, wohlriechende Toilettenseife, mit der sie die Schwester morgens, mittags und abends wäscht. Wenn sie dann ihren Kopf zur Seite legt, spürt sie den herben Duft des Lavendels aus ihrer Haut aufsteigen, und sie träumt davon, wie sie als Kind mit eigenen Händen die duftenden Blüten von den blauen Lavendelsträuchern am Hohenkogel gepflückt hat. Zwar schauen die guten Schwestern immer zuerst mißbilligend, wenn sie ein neues Stück der duftenden Seife auspacken und auf den nassen Waschlappen legen, aber dann macht es ihnen doch Spaß, und ehe sie gehen, waschen sie sich ganz kurz die eigenen Hände damit, ein ihnen gegönntes Vergnügen in ihrer harten Pflicht.

Gerade hat Schwester Seronia Elisabeth für den Nachmittag zurechtgemacht und ihr zum zweitenmal das Haar geflochten, Sonntag ist heute, Besuchstag, bald werden die Besucher kommen.

»Schwester, ist meine Mutter schon da?«

»Sie wartet unten und spricht mit dem Arzt.«

»Mit dem Arzt? Was sagt er ihr?«

»Ich weiß es nicht.«

»Aber Sie sehen es doch am Gesicht meiner Mutter, was er ihr sagt. Ob es etwas Gutes ist oder . . . das Gegenteil. Mutter kann sich nicht verstellen. Ich sehe ihr immer an, was sie denkt.«

»Du kannst sie gleich selbst fragen, Elisabeth.«

Als die Mutter ins Zimmer tritt, ist ihr Gesicht verklärt. »Kind! Kind!« sagt sie nur und umfängt mit beiden Händen das Bündel, das da in Gips liegt, Tränen rinnen ihr über die Wangen. »Kind! Kind!« wiederholt sie nur.

»Du weinst, Mutter?«

»Aus Freude! Ich habe gerade mit dem Arzt gesprochen. Er hofft, daß du in einigen Monaten aufstehen kannst. Du mußt nur den festen Willen haben, gesund zu werden, sagt er.«

»Vom ärztlichen Standpunkt besteht keine Hoffnung mehr«, hat der Arzt vor wenigen Minuten unten zu ihr gesagt. »Wir haben gestern Ihre Tochter noch einmal gründlich untersucht. Und das Schlimmste: Sie hat den Mut verloren, sie hat sich selbst aufgegeben. Was können wir noch tun? Wunder gibt es leider nicht.« Zwei Stockwerke sind es, die die Mutter vom Zimmer des Arztes bis zu ihrer Tochter hinaufsteigen muß. Zwei Stockwerke, sie geht langsam, Schritt für Schritt, Stufe für Stufe. Sie denkt, was geschehen soll. Was sie tun kann, ihrem Kind wenigstens den Mut, die Hoffnung wiederzugeben, auch wenn keine Heilung daraus erwächst. Als sie am Bett ihrer Tochter sitzt, weiß sie es. Sie sieht den ungläubigen Blick ihres Kindes, das nicht glaubt, was ihr die Mutter von der Unterredung mit dem Arzt erzählt. Mutter lügt, Mutter lügt immer, sie will ihr damit helfen, sie weiß es, aber sie glaubt längst nicht mehr daran.

»Mutter, bitte, belüg mich nicht!«

»Warum soll ich dich belügen?« sagt die Mutter, und ihre Stimme klingt anders als sonst. »Nächsten Sonntag kannst du den Beweis sehen, daß ich überzeugt bin, daß du bald wieder gesund wirst.«

»Den Beweis?«

»Ja. Ich bringe dir etwas mit, was du dir schon damals gewünscht hast, ehe du krank wurdest. Es ist sehr teuer, ich verrate es nicht. Du wirst Augen machen.«

Als die Mutter wieder daheim ist, leert sie ihre schmale Börse, zerschlägt sie das Sparschwein, aber es sind nur wenige Pfennige, die herausfallen. Wenn man jede Woche einmal nach Tölz hinüberfährt und nicht mit leeren Händen kommen möchte, da reicht die Witwenrente nicht aus, noch einen Groschen in das Sparschwein zu stecken. Auch das, was noch auf dem Sparbuch ist, reicht nicht für das, was sie vorhat. Am Nachmittag geht sie zum Goldschmied. Das Letzte, was sie besitzt, ihren goldenen Trauring, streift sie vom Finger und schiebt ihn über den schmalen Tisch.

»Er ist sehr dünn«, sagt der Juwelier.

»Er ist dünn geworden«, sagt die Mutter, »ich trage ihn schon sehr lange.«

Fünfzig Mark zahlt ihr der Goldschmied, den Goldwert. Jetzt hat sie das Geld beisammen, das sie braucht, das sie haben muß, um ihrer Tochter den Glauben an eine Genesung wiederzugeben. Sie weiß, daß es keine Genesung geben wird, daß Elisabeth nie wieder aus dem Bett aufstehen wird. Aber wenn ihr Kind dadurch wenigstens ein Jahr oder auch nur ein halbes die Hoffnung wiedergewinnt, ein halbes Jahr ohne Verzweiflung und Trostlosigkeit, dann ist es gut.

Und sie kauft das Unnützeste, was es für Elisabeth auf der Welt gibt: ein neues, teures, herrliches Fahrrad, ein Rennrad dazu, wie sie es sich immer gewünscht hat und das die Mutter ihr bringen wird, nach Tölz, ins Krankenhaus, an den Schwestern vorbei, die zwei Stockwerke hoch, bis an ihr Bett.

Es ist Sonntag. Da steht die Mutter in der Tür, ein wenig erhitzt und atemlos, die alte Frau, das Haar hängt ihr in die Stirn, aber ihr Gesicht ist von hundert lachenden Fältchen durchzogen, wie sie jetzt das neue Fahrrad durch die Tür schiebt.

»Ein Fahrrad, Mutter!« ruft Elisabeth. »Du glaubst, daß ich es benützen kann? Daß ich wieder radfahren werde? Dann hast du also nicht gelogen? Dann ist es also wahr, was der Arzt gesagt hat? Ich werde wieder gesund? O Mutter, wie bin ich glücklich!«

Das Wunder geschieht. Was keine ärztliche Kunst vermochte, acht Wochen später verläßt Elisabeth zum ersten Mal ihr Bett, sie wird gesund, und heute fährt sie völlig geheilt auf diesem Rad, das ihr die Mutter in tiefer Hoffnungslosigkeit von ihrem letzten Geld kaufte. Die Mutter ist bald darauf in Frieden gestorben, sie hat die Genesung ihres Kindes noch erlebt, und ich glaube, ihr erster Weg im Himmel war zu Gott, um ihm für das ihr widerfahrene Wunder zu danken, an das sie – »Verzeih, himmlischer Vater!« – nicht mehr geglaubt hatte.

# »Neue Großmutter gesucht!«

Ich suchte eine neue Großmutter. Meine eigene, die bei uns lebte, war ohne Aufhebens von uns gegangen. Vom Abend auf den Morgen. Als sie uns Gutenacht sagte, rief ich nur: »Gute Nacht, Mutter! Schlaf gut!« Heute steht es auf ihrem Stein: »Schlaf gut, Mutter!«

Wir schliefen von diesem Tag an weniger gut. Eine Mutter im Haus, welch ein Segen! Eine Großmutter ist durch nichts zu ersetzen. Ich rede nicht von den praktischen Dingen und der Umsicht, die ihr zu eigen ist, nicht davon, daß man die Kinder bei ihr abladen kann und wie sorgfältig sie die Wäsche des Hauses hütet. Aber plötzlich bin ich der Älteste in der Familie geworden, ich habe keinen mehr, dem ich Rechenschaft schuldig bin, dem ich beweisen kann: »Schau, Mutter! Das ist aus mir geworden!«

Ich habe niemanden mehr, den ich in meine Geldbörse hineinschauen lassen kann: »Schau, Mutter! Das habe ich mir gespart!« Auch meiner Frau fehlt der Mensch, zu dem sie kommen kann und sagen: »Mutter, bitte bring es Johannes bei, daß er unmöglich länger in der alten Hose herumlaufen kann und daß die Kinder neue Schuhe brauchen!«

Was die Mutter zu mir sagte, galt. Was die eigene Frau zu uns sagt, hört man nur mit einem Ohr.

Ich suchte eine neue Großmutter. »Das muß es doch geben«, sagte ich mir, »es gibt viele Mütter, die ihre Söhne verloren haben, und Söhne, denen die Mutter starb. Warum sollen sie sich nicht gegenseitig helfen? Des neuen Sohnes tatkräftige Fürsorge für eine Frau, die sonst einsam in einem dunklen Kleid in einem Zimmer hockt, das die neidischen Nachbarn der Witwe nicht gönnen, oder die zu den alten Fräuleins in eine christliche Herberge ziehen muß. Ihr ein Heim zu schaffen, wo das sonnigste Zimmer ihr gehört, ein Platz mit einem bequemen Stuhl am Fenster, bei Tisch sitzt sie neben den Kindern, eine Großmutter, wenn auch nicht die eigene, ein Mensch, der mich hindert, im Zorn allzu laut zu werden und grobe Späße zu treiben. Eine Großmutter ist wie eine Haustür und schützt das Heim vor liederlichen Wünschen.«

Ich inserierte. Das ist immer der beste Weg. »Großmutter gesucht!« schrieb ich. »Einsame alte Frau ohne Vermögen und Familie wird von uns als Großmutter gesucht. Sie soll wie unsere eigene Großmutter behandelt werden, wir werden auf ihre Jahre Rücksicht nehmen, auf ihren Rat hören und uns ihrer Lebenserfahrung gern bedienen. Wir werden sie nicht immer allein im Haus lassen, wenn wir ausgehen, wir werden auch einmal mit ihr verreisen, sie soll jedes Jahr ein neues Kleid, neue Schuhe und einen neuen Hut bekommen, und alles soll vom Besten sein. Wenn Besuch ins Haus kommt, soll sie mit am Tisch sitzen, und ihre abgearbeiteten gichtigen Hände sollen der Prüfstein für die neuen Freunde sein. Sie soll es bei uns so gut haben, wie meine Mutter es hätte haben müssen, hätte ich damals schon den Verstand besessen, der leider erst bei jedermann mit den Jahren kommt. Ich werde rücksichtsvoll zu ihr sein, dankbar, geduldig, ich werde die Zeit finden, bei ihr zu sitzen und ihr zuzuhören, die anderen werden diesmal warten müssen, wenn Mutter mir etwas zu erzählen hat. Vor allem, ich werde sie nie unüberlegt zurücksetzen und kränken, denn ich will an ihr gutmachen, was Gutes zu tun ich bei meiner eigenen Mutter oft gedankenlos vergaß, bis ich ihr zum letzten Mal zurief: ›Schlaf gut, Mutter!‹«

Das Inserat ist nie erschienen. Es blieb auf meinem Schreibtisch liegen, die Schrift nach oben, daß Mutter es vom Himmel aus lesen kann. Sie wird ihre kleine, armselige Stahlbrille, die – wie ich glaubte – ihr genügte und die ihr die Krankenkasse bezahlte, hervorholen, und wenn sie meine Zeilen gelesen hat, wird sie erst einmal ihre Brille putzen müssen. Sie wird sie noch oft putzen müssen, immer dann, wenn sie mein Inserat den anderen Müttern vorliest und mit einem verlegenen Lächeln hinzufügt: »Das sieht ihm wieder ähnlich, es so herumliegen zu lassen . . .«